Anna Herzog

Alles im Fluss

Für Gesine und Telje

MIX
Papier aus verantwortungsvollen Quellen
FSC® C083411
www.fsc.org

5 4 3 2 1

ISBN 978-3-649-62350-2

Hafenweg 30, 48155 Münster

Text: Anna Herzog
Covergestaltung: Irmela Schautz
Lektorat: Frauke Reitze
Satz: FSM Premedia
Printed in Germany

www.coppenrath.de

Das ebook erscheint unter der ISBN 978-3-649-62704-3.

Anna Herzog

ALLES IM Fluss

ODER: DIESE EINE SOMMERNACHT

COPPENRATH

Also, was brauchst du, wenn du einen Film drehen willst? Eine **Kamera** natürlich. Eigentlich ist es egal, was für eine, solange sie funktioniert. Und solange der Akku lädt. Glaub mir, das ist sehr wichtig! Cool ist natürlich EINE RICHTIG GUTE KAMERA. Aber die kostet auch RICHTIG VIEL GELD.

Wenn du fertig bist mit dem Filmen, musst du dir ein **Videobearbeitungsprogramm** organisieren, zum Schneiden und für die Filmmusik und so. Kannst du dir kostenlos aus dem Internet runterladen. Oder du kaufst dir EIN RICHTIG GUTES, das aber natürlich ... ja, genau.

Und du brauchst ein **Drehbuch**. Besonders wenn du gerade keine Kamera dahast. Oder dein Akku abschmiert. Dann kannst du auf jeden Fall schon mal ein Drehbuch schreiben. Was leider gar nicht sooo einfach ist, wollte ich dir nur sagen. Manches muss man in Großbuchstaben tippen und andere Sachen wieder nicht, man muss ganz bestimmte Abstände einhalten nach unten oder zur Seite, solche Sachen. Zum Beispiel so:

AUSSEN. WALD - NACHT

Ein MÄDCHEN rennt durch die Dunkelheit. Seine Gedanken hört man aus dem Off.

MÄDCHEN

Wie schwarz die Nacht ohne Mond ist! Ausgerechnet jetzt, wo ich ihn so dringend brauche. All das wäre nie passiert, wenn meine Mutter mich nicht zu Marthe gebracht hätte. Ich wäre nicht hier, ich würde nicht …

(stolpert, fängt sich wieder, flüstert)

Oh, ich muss auf die Wurzeln aufpassen, ich darf nicht hinfallen …

Jedenfalls ist ein Drehbuch so eine Art trockener Film. Das Wichtigste aber, was du dafür brauchst, ist … tadaaa: **Eine gute Geschichte!**

Zum Beispiel eine Geschichte über … DIESE EINE SOMMERNACHT.

EINS. Der Hof

Die Schwalben fliegen tief, als Juli und Mama den buckligen Hof betreten. Zwei rote Backsteinhäuser werfen lange Schatten und die Luft hängt durch wie eine alte Wäscheleine nach all der Tageshitze. Die Mülltüten fliegen auch tief. Juli starrt dem blauen Plastiksack nach, der gerade quer über den Hof segelt. Puff, gelandet. Freundlicherweise, ohne aufzuplatzen. Wenn alle möglichen Gegenstände tief fliegen, gibt es dann nicht ein Gewitter?

»Marthe?!«

Eine Haustür wird aufgerissen, und irgendwo in Juli drin zersplittert eine letzte Hoffnung, nämlich die, dass es sich hier um einen großen Irrtum handelt.

Tut es nicht.

Dass die Frau, die jetzt ihren Kopf aus der Haustür steckt, mit Mama verwandt ist, sieht man nicht sofort. Sie sind allerdings auch nur halb verwandt, Halbschwestern. Fragt sich bloß, welche Hälfte, denkt Juli. Die obere ist es schon mal nicht. Denn ihre Mutter hat dunkle Haare und diese Marthe hat rote.

Sie kennt Marthe kaum, vielleicht haben sie sich zwei oder drei Mal gesehen, vor Jahren auf irgendwelchen Familientreffen. Mama hat echt einen Knall! Manchmal ist das lustig, aber gelegentlich beneidet Juli auch Menschen, die ganz gewöhnliche Mütter haben. Zum Beispiel solche, die nicht auf die Idee kommen, ihre Tochter einer fast Unbekannten für einen Teil der Sommerferien anzuvertrauen. Noch dazu einer Fast-Unbekannten, die alles um sich herum versammelt, was Juli nicht interessiert. Beziehungsweise abstößt, verschreckt und beunruhigt, also: Pferde, Schwalben, superschädliche Plastikmülltüten, stinkende Misthaufen voller ... Moment, wahrscheinlich Fliegen, Wäscheleinen mit Putzlappen und irgendwelchen Pferdedecken drauf – solche Sachen.

Dafür, dass sie nur Halbschwestern sind, kichern sie ziemlich viel zusammen. Juli wendet sich ab und schlendert zu einem der Häuserschatten hinüber. Sie sieht den hirnlosen Schwalben beim Durch-die-Luft-Rasen zu. Mit dem Fuß ritzt sie Linien in die Schicht aus Sand und Erde vor dem Gebäude, das offensichtlich ein Stall ist. Jedenfalls stapeln sich direkt neben dem Eingang eine Menge Strohballen. Das Gespräch hinter ihr dringt an ihr Ohr.

»Du hast alles hier, oder?«

»Was meinst du mit ›alles‹? Essen, ein Bett, ein Klo?«

»Nein, Marthe, Pferde, Hunde, Katzen ...«

»Hühner, Kaninchen und die üblichen Wildtiere, klar.«

»Moment. Wild? Tiere?«

»Ja: Eichhörnchen, Igel, Wespen ...«

»Ach so. Also keine Löwen, Gorillas, Nashörner ...?«

Die Schwestern lachen.

»Du weißt, dass sie in der Stadt bei jedem Hund ...?«

Keine Antwort. Juli nimmt an, dass diese Marthe jetzt nickt. Und möglicherweise die Augen verdreht.

»Wie viele Pferde hast du denn?«

»Sind nur Ponys, Jana. Vier.«

»Oje. Das klingt nach Arbeit.«

Ja, danke. Juli soll hier natürlich nicht nur die Hälfte ihrer Sommerferien mit lauter (Anführungszeichen mit den Fingern) lieben Tieren verbringen, sondern ... wie nannte Mama das? »Ein bisschen helfen, anpacken eben«, flüstert Juli und verzieht das Gesicht. Und »ein bisschen therapiert werden«, aber daran möchte sie nicht denken.

Die Frauen lachen wieder. Marthes Stimme ist viel tiefer als die von Mama.

Pferde – puh. Im Moment allerdings keine zu sehen. Auch kein Hund. Noch mal puh. Nur eine Sitzgruppe macht sich vor einer Mauer breit – ein Holztisch mit zwei daran befestigten Holzbänken und ein paar von diesen weißen Plastikstühlen. Daneben steht ein ausgeblichener Coca-Cola-Sonnenschirm und wirft seinen rötlichen Schatten über den Tisch. Die Wasserflasche, halb ausgetrunken, ist von innen ganz beschlagen. Nach vorne, zu dem asphaltierten Weg hin, also Richtung Freiheit, ist der Hof offen; das Mädchen im Schatten zieht die Schultern zusammen.

»Trinken wir noch einen Kaffee, Jana? Dann können wir noch tratschen und du kannst mir noch ein wenig erzählen ...« Marthe bricht ab.

Bestimmt sieht sie jetzt zu ihr herüber. Juli senkt den Kopf und schnaubt durch die Nase, schon klar, was Marthe noch betratschen will.

Die Frau mit den dunklen, kurzen Haaren scheint immerhin zu überlegen.

Bitte, Mama, sag Ja, lass mich hier noch nicht allein ... auch wenn ...

»Juli?«

Sie dreht sich nur langsam um, widerwillig. »Ja?«

»Sollen wir noch einen Kaffee trinken?«

Sehr witzig, Mama, ich trinke keinen Kaffee, du weißt, dass ich nasse Hände bekomme und ein totales Flatterherz ...

Schulterzucken. »Können wir machen.«

Aber, Mama, sprecht nicht darüber, bitte ... nicht über Papa.

Ihre Blicke treffen sich in der Mitte des Hofes.

Julis.

Und Mamas.

Dann blinzelt ihre Mutter gegen die Sonne und wendet sich an ihre Schwester. »Aber einen Eiskaffee, Marthe. Bei der Hitze ... Hast du Eis?«

»Muss mal nachsehen. Neulich war noch welches da. Du meinst sicher Vanille, oder? Wenn du nämlich Eiskaffee mit Erdbeereis nimmst, muss ich dich enttäuschen.«

Mama lacht schon wieder. Sie schleimt sich total ein bei Marthe. Als wolle sie Juli verkaufen und könne froh sein, wenn Marthe sie ihr abnimmt.

Juli beißt sich auf die Unterlippe, bis es wehtut. Es hilft wenigstens ein bisschen, wütend zu sein auf ihre Vorderzähne; ist auf jeden Fall besser, als ...

Juli schluckt.

Es ist kühl drinnen. Juli schlüpft unter dem Küchentisch aus den Trekkingsandalen und setzt ihre glühenden Fußsohlen auf die alten Steinfliesen, ziegelrot und weiß und tausendfach geborsten. Die Kälte kribbelt von ihren Füßen hinauf bis in ihre Haarwurzeln.

Die Sandalen hat Mama ihr aufgeschwatzt. Juli trägt eigentlich Flip-Flops und Chucks. Punkt.

Juli betrachtet ihre kleinen Zehen unter dem Tisch, der linke ist etwas krumm gewachsen; er kann nichts dafür, sie hat ihn von ihrer Mutter geerbt. Geschirr klappert, die beiden Frauen trinken ihren Kaffee schweigend. So, als wolle Marthe am liebsten fragen, wie dieser Enno, der Neue ihrer Halbschwester, sich denn so anlässt. Und so, als wolle ihre Mutter nicht darauf antworten. Danke, Mama ...

Sie fliegen zusammen weg, Mama und Enno, das weiß Marthe doch, das hat Mama ihr doch erzählt am Telefon. Juli hat nämlich zugehört. Sie wollen ausprobieren, ob sie es miteinander aushalten, bevor sie ausprobieren, ob Enno auch eine Familie aushält.

Oder genau betrachtet: eine Juli.

»Gibt es hier Gleichaltrige, Marthe? Andere Jugendliche oder Kinder?«

Juli schreckt hoch. An einer der Türen kratzt ein Tier, wahrscheinlich der Hund.

»Hmm. Also, ich habe ein paar Reitkinder. Die sind deutlich jünger. Grundschule. Und natürlich die Kinder, die zu mir als Tiertherapeutin kommen. Aber nicht jetzt in den Ferien.«

Juli schaut zur Tür hinüber und verdreht die Augen. Die Tür wackelt, aber das Schloss scheint zu halten.

»Und in der Nachbarschaft?«

Marthe kratzt sich im Nacken. Dann schüttelt sie den Kopf.

»Der alte Paul hat inzwischen Arthrose in den Knien«, stellt sie fest, als wäre das eine Erklärung.

»Wer ist denn der alte Paul?«

»Mein nächster Nachbar, Paul Matthiessen. Wohnt hinter meinen Weiden. Hat eine Menge Enkel, ich weiß gar nicht, wie viele. Aber dieses Jahr wird wohl keiner kommen.«

Drei ... Wochen.

Und nur Tiere und Babys.

Marthe steht auf und sammelt die Tassen ein. »Kommt, ich zeige euch Julis Zimmer.«

»Du hast wohl nicht so was wie einen Schminkkoffer?«, fragt Marthe auf der engen Treppe zum Dachboden. Sie stapft hinter Mama und Juli die Stufen hinauf, wahrscheinlich, um sie aufzufangen, wenn sie die Steigung nicht schaffen.

Mama trägt Julis Rollkoffer und Juli das übrige Zeug: ihren Schulrucksack (»Nur für alle Fälle ... Hast du auch das Übungsbuch für Englisch nicht vergessen?«), geliehene Reitstiefel (»Nachher hat Marthe keine in deiner Größe!«), ihr Anti-Hausstaubmilben-Bettzeug (»Vergiss trotzdem nicht, das Fenster nachts zu öffnen«) und ihren Zeichenblock (»Die hat da nie im Leben so große Blätter, vergiss es, Mama, ich gehe nicht ohne den Block!«).

»Schminkkoffer. Ha. Ha«, sagt Juli. Also beinahe. Stattdessen denkt sie es, so laut sie kann.

»Juli schminkt sich nicht, Marthe«, sagt ihre Mutter.

»Das ist gut. Hier sieht dich ja auch niemand außer Ponys und Hühnern. Was ist denn dein Lieblingsessen?«

Juli rollt mit den Augen. Ganz mieser Einschleimversuch.

Und – klar: »Linsensuppe«, sagt Mama doch tatsächlich.

Darf Juli vielleicht mal selber antworten?

Die Dielen quietschen unter drei Paar Füßen und einem mittelschweren Rollkoffer. Es ist so heiß hier oben, dass Juli nun endgültig der Schweiß den Rücken hinunterläuft.

Auch Mamas Kopf ist ziemlich rot.

»Kann man hier eigentlich irgendwo baden gehen?«, schnauft sie.

Marthe bleibt stehen und wischt sich die Haare aus der Stirn. »Wir haben zwei schöne Badestellen am Bach«, sagt sie und lächelt Juli zu. Einschleimversuch Nummer zwei? »An den Weiden vorbei und dann durch das Wäldchen – das ist die nächste.« Marthe setzt sich wieder in Bewegung. »Da gehen wir auch mit den Pferden schwimmen. Das zeige ich dir dann, Juli.«

Von dem stickigen kleinen Flur gehen drei Türen ab.

»Die da rechts ist die richtige«, sagt Marthe von hinten.

Juli zögert. »Lechts und rinks kann man nicht velwechsern, werch ein Illtum«, hat Mama früher immer ein Gedicht zitiert, wenn Juli mal wieder in die falsche Richtung gerannt ist.

Eine Zeit lang hat Papa ihr Punkte auf die Daumen gemalt, einen grünen rechts und einen roten links. Es hat alles nichts geholfen, Juli hat eine Links-Rechts-Schwäche.

Schließlich drückt sie die Klinke der ihr am nächsten gelegenen Tür herunter, und da niemand protestiert, ist es wohl die richtige. Sie quietscht genauso wie die Dielen, wahrscheinlich sind sie verwandt.

Immerhin: Die Kammer unter dem Dach ist total süß. Sie

gehört zu einer kleinen Wohnung, in der bis letztes Jahr Walter gewohnt hat, der ihr auf dem Hof geholfen hat, erklärt Marthe. Jetzt hat er geheiratet und ist zu seiner Frau gezogen, was Juli gar nicht verstehen kann. Die Wohnung hat ein winziges Bad mit ... ähm ... kotzgrünen Kacheln, außerdem so eine Art Küche, bloß eine Spüle und zwei Kochplatten, und ein Wohnzimmer mit einem Sofa, einem niedrigen, dunklen Tisch mit einer Glasplatte und darunter einem Spitzendeckchen. Darauf ein Strauß kleiner, frischer Rosen.

Julis erste eigene Wohnung. Sozusagen.

An der Wand zur Küche steht eine kleine Anrichte aus hellem Holz und darauf, Juli tritt näher, eine alte Schreibmaschine. Klein und rot und total retro.

Juli schlägt ein paar Tasten an. Aber da kein Papier in der Maschine steckt, passiert nichts, außer dass Juli ein unsichtbares `Juli` auf die schwarze Gummirolle getippt hat.

»Ach, die alte Reiseschreibmaschine«, sagt Marthe. »Die hat Walter hier stehen lassen. Der liebt so Zeug.« Sie sieht Juli prüfend an. »Wenn du möchtest, kann ich dir nachher Papier geben. Dann kannst du sie mal ausprobieren.«

Die Frau mit den kurzen, dunklen Haaren wirft einen Blick auf ihre Armbanduhr. »Ich muss jetzt leider los.«

»Klar«, sagt Juli und nickt. Trotz all der Hitze gefriert ihr Herz in Sekundenschnelle.

»Darf ich dir noch ein Küsschen geben?«

»Küsschen: Vergiss es!«, sagt Juli. »Umarmung ist vielleicht okay.«

»Bis in drei Wochen, Süße«, flüstert die Dunkelhaarige Juli ins linke Ohr, es kitzelt und Juli beißt sich auf die Unterlippe.

Weinen: Vergiss es!

Jetzt gibt Mama ihr in einem unbewachten Moment doch ein Küsschen und eine Sekunde, eine besonders kleine Sekunde lang, klammert Juli sich an ihre Mutter und fühlt ihrer beider Herzen pochen.

Als sie Marthe und Mama die Treppe hinunterpoltern hört, wischt sich Juli mit den Handballen die Augen ab. Mist! Bringt natürlich nichts. Sie wird sich im Bad das Gesicht kalt waschen müssen, damit Marthe nichts merkt.

Sie stellt sich ans Fenster, aber so, dass niemand sie sehen kann. Von hier aus kann man den Hof überblicken, den ihre Mutter gerade überquert. Man kann auch, wenn man gute Augen hat, erkennen, was jemand in den Staub dort unten hineingeritzt hat, nämlich:

Aliens!

Bitte!

Holt mich raus!

Eure Juli

AUSSEN. WALD - DIESE EINE SOMMERNACHT

Das MÄDCHEN rennt. Man sieht es nur wie einen hellen Geist immer wieder zwischen den Bäumen auftauchen. Es kommt an eine Kreuzung, bleibt stehen. Aus dem Off.

MÄDCHEN

Der Boden unter meinen Füßen federt. Die Nacht riecht. Feucht und pilzig, sie raschelt und lebt. Sie riecht so gut, jetzt, wo ich sie kenne. Moment, hier sind wir ja schon langgekommen! Echt blöd, dass es so dunkel ist.

(schaut nach rechts und nach links und hüpft dabei auf der Stelle)

Da - die Bank da, an die erinnere ich mich! Daran sind wir vorbeigekommen.

Das Mädchen rennt wieder los in Richtung Bank. Rennt an ihr vorbei, verschwindet aus dem Bild.

ZWEI. *Fleygur*

Es ist so heiß, dass die Blätter der Kastanie auf Marthes Hof schon braun werden. Juli rinnt der Schweiß in Strömen herunter. Ihr Top klebt ihr am Rücken und am Bauch und ihre Arme tun weh von der schweren Schippe.

Sie hat es Mama versprochen. »Versuch es wenigstens, Juli«, hat Mama gebeten.

Außerdem hat sie ihr versprochen, »mit anzupacken«. Und das tut sie jetzt alles beides: versuchen, mit anzupacken.

Wie nannte Marthe das noch gleich? Paddock abäppeln. Juli lässt die Schippe fallen und macht zwei Häkchen mit den Fingern um das ›Paddock‹ und das ›Abäppeln‹. Sie würde es eher ›Scheiße schippen‹ nennen.

Juli schaut sich um. Niemand zu sehen, jedenfalls niemand Menschliches. Marthe ist mit zwei Kindern ausgeritten. Zwei kleinen Kindern, die sie vorher lange angestarrt und gekichert haben. Juli kann sich nicht daran erinnern, in der Grundschule so blöd gewesen zu sein.

Der Dackel ist eingesperrt.

Der alte Fleygur auf dem Nachbarpaddock schaut ihr teilnahmslos zu und wedelt nur ein wenig mit dem grauen Schwanz. Sein Rücken sieht aus wie eine Halfpipe. Juli kneift die Augen zusammen. Eine Spatzen-Halfpipe vielleicht. Ob sie eine Pause macht? Juli starrt eine Weile in den blau verschleierten Himmel. Dann hebt sie die Schippe wieder auf.

Pferdekacke stinkt, sowohl auf dem Boden als auch in der Schubkarre. Besonders wenn es so heiß ist, dass ... Also, wenn die Pferdeäpfel Hühnereier wären, würden längst lauter Küken im Paddock rumlaufen.

Mo-ment! Julis Augen weiten sich. Ist da etwa eine Lücke im Zaun? Ist das etwa gar nicht der *Nachbar*paddock, sondern derselbe, auf dem Juli gerade steht? Juli knirscht mit den Zähnen. Sie beobachtet den alten Schimmel scharf, aber er scheint sich nicht zu rühren.

»Du bist doch Tiertherapeutin, Marthe«, hört sie Mama noch sagen. Am Telefon, vor ein paar Monaten, als Mama ihrer Halbschwester von Enno erzählt hat.

Mama saß am Schreibtisch, Juli musste Französischvokabeln lernen, und Mama hatte versprochen, sie abzufragen. Stattdessen schüttelte sie den Kopf und lauschte in den Hörer. Und zuletzt wedelte sie mit einer Hand, damit Juli rausging. Was Juli auch tat – beziehungsweise ging sie bis zur Tür, denn Mama konnte nicht sehen, dass sie dort stehen blieb, um zu lauschen.

»Schaffst du das denn in drei Wochen?«, fragte Mama.

Drei Wochen? Was sollte Mamas schräge Halbschwester in drei Wochen schaffen? Leider konnte Juli Marthes Antwort nicht verstehen. Seufz.

Halt!

Hat Fleygur sich gerade etwa doch bewegt?

Man weiß ja nie, bei Pferden weiß man ja nie. Sie müsste dringend mal googeln, wie viele Mädchen schon durch irre gewordene Pferde umgekommen sind. Schließlich werden ja auch jedes Jahr viel mehr Menschen, als man so denken würde, von Kühen totgetrampelt.

Hühner. Marthe hat auch Hühner. Wenn die Hühner freihaben, also gerade nicht in ihrem Stall hocken, soll Juli ab morgen Eier sammeln gehen. Marthe hat behauptet, dass Hühner zwar neugierig, aber nicht gefährlich seien ... Gänse hingegen, hat sie gemurmelt und mit den Augenbrauen gewackelt ... Es ist jedoch noch keineswegs geklärt, ob es nicht auch Killerhühner gibt. Es gibt schließlich Hahnen*kämpfe*.

Nein, Fleygur hat sich nicht bewegt. War wohl nur eine Halluzination.

Ein weiterer stinkender Haufen landet auf der Schubkarre. Es ist so unfair! Juli ist Vegetarierin, sie würde nie Tiere essen. Also ist es echt gemein von den Tieren, wenn die trotzdem was von ihr wollen: stechen, beißen, kratzen, an ihr saugen. Gibt es überhaupt keine Vegetarier unter denen?

Moment – *das* war jetzt aber eine Bewegung?!

War es.

Fleygur hat einen Huf vorgestellt. Und den Kopf gehoben. *Und ... er ... sieht ... Juli ... an.*

Extremer Schweißausbruch.

Juli pirscht sich ganz langsam rückwärts aus dem Paddock, ohne den Schimmel aus den Augen zu lassen. Dabei eine volle, stinkende Schubkarre auf einem einzigen Rad zu balancieren – das braucht Armmuskeln. So etwas hat Juli nicht. Und Fleygur ist jetzt *richtig* aufgewacht. Er hört gar nicht mehr auf zu starren. Er sieht so aus, als würde er ernsthaft überlegen, ihr hinterherzulaufen.

Nur … nicht … umdrehen … Bloß Fleygur nicht aus den Augen lassen. Wann … kam noch gleich … das Tor?

Aua … da!

Juli setzt die Schubkarre aufatmend ab, und zwar so, dass sie zwischen ihr und dem Pferd steht. Das Tor hat einen komplizierten Mechanismus, aber Juli hat es vorhin ein paar Mal geöffnet und geschlossen. Nur, um sicherzugehen. Damit sie es im Notfall – also jetzt – schnell öffnen kann.

Und auch schnell wieder schließen. Puh!

»Chill mal, Digga«, flüstert sie, reibt sich die feuchten Hände an ihrer abgeschnittenen Jeans ab und grinst Fleygur zu, der an dem Haufen auf der Schubkarre schnüffelt.

Job erledigt!

Zufrieden schiebt Juli den Metallstift wieder in die dafür vorgesehene Öse, wie Marthe es ihr gezeigt hat. So! Jetzt kann die Schubkarre auf keinen Fall mehr abhauen.

Wenig später liegt Juli auf dem Bauch im Gras der Obstbaumwiese. Sie liegt völlig bewegungslos und starrt auf ihr Handy. Es ist nicht zu fassen – sie hat nicht genügend mobile Daten, um sich den »Moviecutter« herunterzuladen! Und selbst wenn, bei ihrem Uralthandy würde bestimmt auch der Speicherplatz nicht reichen. Die blöde SD-Karte hat noch nie funktioniert!

Juli reißt mit dem rechten Fuß ein paar Grashalme aus. Moment … was war *das*?

Jemand schleicht sich an.

Jemand schleicht sich definitiv an.

Der SCHATTEN kriecht über das von der Sonne orangen gefärbte Gras. Jetzt berührt er den Fuß des MÄDCHENS.

SCHATTEN

Spielst du was auf deinem Handy?

Das MÄDCHEN schnauft, damit der Schatten begreift, wie sehr es sich erschreckt hat, was es in Wirklichkeit gar nicht hat.

MÄDCHEN

Nee, ich filme.

Der Schatten beugt sich neugierig vor und pustet dem Mädchen seinen heißen Atem in den Nacken.

SCHATTEN

Und was filmst du?

Juli hört genau, dass der Satz eigentlich noch nicht zu Ende ist. Der Schwanz von Marthes Satz heißt nämlich: Da ist doch gar nichts.

»Einen Grashalm«, sagt Juli. »Und wenn ich jetzt meine Kamera hätte, dann würde ich zoomen. Erst nah: Grashalm. Dann weit weg: bloß ganz viel verschwommenes Grün. Wieder nah: kein Grashalm mehr, sondern ... ein grüner Buntstift oder so, dann ganz weit weg, wieder nah: Grashalm ... Ist ein ... äh ... Experiment.«

›Experimentalfilm‹ sagt sie lieber nicht. Marthe sieht nicht so aus, als würde sie sich so etwas anschauen.

»Ah«, sagt Marthe. »Interessant. Filmst du gerne?«

Juli macht ein Duckface, das allerdings nur der Grashalm sieht, und spart sich eine Antwort.

»Ist das mit der Schubkarre im Paddock auch ein Experiment?«, fragt Marthe.

»Nö«, sagt Juli. »Aber Fleygur hat sich gelangweilt. Da habe ich sie ihm dagelassen.«

Das verschlägt Marthe erst mal die Sprache. Dann hockt sie sich plötzlich zu Juli und legt ihr die Hand auf die Schulter. »Immerhin, du hast dich getraut. Du hast den ganzen Paddock abgeäppelt, das finde ich großartig. Das ist doch schon der erste Schritt!«

Etwas verkrampft sich tief in Juli drin.

Sie verdreht den Kopf und lächelt Marthe an. »Klar.«

Sie lächelt so, dass ihre Mundwinkel wehtun.

»Ich dachte«, sagt Marthe, »wenn du es morgen noch einmal schaffst, mit dem alten Fleygur neben dir den Paddock abzuäppeln, dann könnte ich dir am Mittag die erste Reitstunde geben. Was hältst du davon?«

»Klar«, sagt Juli wieder und zieht mit den Daumen Linien auf ihrem Display.

Reitstunden.

Was hat Mama Marthe eigentlich erzählt? Und was nicht?

Natürlich hat Marthe kein Internet, das hat sie ihr gleich am ersten Tag erklärt. Leider hat Juli auch keine Flat. Die Frage ist also, wie Juli unauffällig herausfinden kann, wo sich in dieser Wildnis hier die nächste Bushaltestelle befindet. Sie hat zwar keinen Wohnungsschlüssel mitgenommen (»Sonst verlierst du den noch im Stroh«), aber Herr Bley ein Stockwerk über ihnen hat einen. Und Herr Bley ist so alt, dass er praktisch nie seine Wohnung verlässt, der ist ganz sicher zu Hause. Falls es keine Bushaltestelle gibt, ist die Frage, wie Juli verhindern kann, dass sie Marthe spätestens morgen beißt.

Marthe legt ihr schon wieder die Hand auf die Schulter.

Juli erstarrt.

»Möchtest du mir noch mit den Hühnern helfen?«

Juli denkt nach. »Nein«, will sie sagen. »Versuch es wenigstens«, drängt Mama in ihrem Kopf.

Juli seufzt. »Wenn ich die nicht abäppeln muss?«

Feierabend.

Es ist still auf dem Hof, niemand steht mehr auf dem Sandplatz direkt hinter dem Stall, um kleinen Kindern auf dem alten Fleygur Reitstunden zu geben. Kein Dackel bellt mehr fremde Menschen an. Zum Beispiel Juli.

Juli sitzt am Fenster ihres Wohnzimmers und zeichnet. Sie zeichnet aber nicht die Wolken, die sich draußen über dem Stall dunkel zusammenballen, sie lässt ihre Hand einfach zeichnen, was ihr einfällt, und das wird zunehmend ein Mädchen. Das Mädchen trägt einen grauen Anzug, der bei jeder Bewegung schimmert und im Dunkeln schwach leuchtet, als sei er aus Mondstrahlen gewebt. Das kann man auf der Zeichnung nicht erkennen, aber Juli sieht es, sie spürt es.

Die Haare des Mädchens sind hüftlang und strahlend blau. Dunkelheit, tiefste Dunkelheit zeichnet sie um das Mädchen herum. Eine Finsternis, die sich näher schleicht, das Mädchen umzingelt, sie besiegen will. Schatten, jede Menge schwarze, dunkelgraue, dunkelblaue Schatten. Doch das Mädchen ist bewaffnet: Sie trägt das Licht mit sich – ihre schimmernde, elfenweiche Rüstung, ihre knisternden, funkelnden Haare.

»Hallo, Lichtblaue«, sagt Juli und einen Moment lächelt das gezeichnete Mädchen ihr zu. »Weißt du, ich habe noch nicht mal meine Kamera hier. Den Scheißakku kann man nicht mehr aufladen. Und die Scheißpost hat den neuen nicht rechtzeitig geliefert.«

Die Luft knistert elektrisch. Ein Rosenblatt fällt auf den Sofatisch mit der Glasplatte. Es ist so leise in der Kammer hier oben, dass Juli davon erschrickt.

Mama hat versprochen, ihr die Kamera nachzuschicken. Wenn der Akku rechtzeitig auftaucht, zumindest. Und wenn sie es nicht vergisst, bevor sie selbst in den Urlaub fliegt …

Juli wischt sich mit dem T-Shirt den Schweiß von der Stirn. Sie zieht die Wangen ein. »Ich bin Juli«, flüstert sie dem Mädchen zu. »Ich will Filme machen. Es sind Sommerferien. Und ich hänge hier fest. Ich hab bloß mein Handy zum Filmen.«

Von tief unten aus dem Haus kommt eine Stimme die Treppe hinauf und fädelt sich durch alle Türritzen bis zu Julis Ohr: »Essen!«

Als Antwort grummelt es in Julis Bauch. Ihr Bauch ist ein mieser Verräter!

»Ich weiß was«, wispert Juli der Lichtblauen zu. »Ich filme einen Horrorfilm mit Fleygur und diesen anderen Viechern, das krieg ich mit dem Handy hin, problemlos. Den stelle ich dann online. Und dann … dann hat Marthe ein Problem. Besonders, wenn im Abspann steht, woher die Hauptdarsteller kommen. Ich meine, wer lässt sein Kind denn reiten lernen auf einem Hof, wo es vor fleischfressenden Ponys nur so wimmelt?«

Sie lächelt. Tja, dann hätte Marthe tatsächlich ein großes Problem, denkt sie. Ich aber auch. Unter anderem mit Mama.

»Juliiii?«

Juli seufzt schwer.

»Ich muss zum Essen«, teilt sie der Lichtblauen mit. »Soll ich dir was mitbringen? Magst du Pferd?«

In der Nacht bricht das Gewitter aus, das schon seit zwei Tagen in der Luft hängt. In der Nacht sitzt Juli aufrecht in ihrem schmalen, kurzen Opabett direkt unter dem Trommeln des Regens. Noch nie hat sie so viele Blitze so schnell hintereinander gesehen.

AUSSEN. WALD - DIESE EINE SOMMERNACHT

Der blöde Mond ist kein bisschen lebendig geworden, vielleicht ist er ja wirklich gestorben und die Welt muss ab jetzt ohne ihn auskommen. Vielleicht erfinden die Menschen ja auch einen elektrischen Mond oder so was. Zum An- und Ausknipsen. Jedenfalls Wegkreuzung, kann man gerade eben erkennen, weil: Es ist dunkel! Okay, das schreibt man alles nicht in ein Drehbuch, ist schon klar. Das MÄDCHEN steht also schon wieder an einer Kreuzung, schaut nach links und nach rechts und wieder nach links. In beide Richtungen führen Sandwege.

MÄDCHEN

(flüstert)

Eigentlich müsste ich den Weg doch kennen ... Es sieht alles so anders aus! Oh, Mann!

(wischt sich mit der Hand über die Augen)

Ich muss mich entscheiden. Schnell ... Ich glaube, es war hier lang.

Das Mädchen rennt wieder los. Und merkt es nicht, noch nicht: Doch diesmal ist es die falsche Richtung.

DREI. Der Bach

Es ist so früh. Juli weiß nicht, ob sie je so früh aufgestanden ist. Hat je ein Morgen so geschmeckt wie dieser? Hat sie je die Vögel so laut singen gehört? Ihr Herz hämmert und das kommt nicht nur vom schnellen Laufen. Niemand weiß, wo sie ist. Niemand soll es wissen. Milchige Tropfen hängen im Zwielicht an den Zweigen, wie Mondsteine. Wie Juwelen.

Der Tausend-Juwelen-Wald, denkt Juli. Der Tausend-Juwelen-Wald liegt in der ersten Morgenröte. Juli lächelt. Sie bleibt stehen und hebt die Arme, als trüge sie ihre Kamera. Ihr Stirnband rutscht hoch, sie schiebt es zurück Richtung Ohren.

Als sich die Sonne ganz langsam hebt, streicht durch den Wald ein Wind und bringt die Juwelen zum Klingen. Die Vögel zwitschern allerdings so laut, dass Juli Mühe hat, sich den Gesang der Juwelen vorzustellen: Überirdische Musik wispert zwischen den Bäumen. Vielleicht eine Harfenmusik. (Irgendwas, das man frei aus dem Internet herunterladen kann. Ohne Rechte, sonst wird es teuer. Oder Veeh-Harfe und selbst ausgedacht.)

Die Schatten schlafen noch, denkt Juli und wirft den dunklen Stellen unter den Bäumen einen warnenden Blick zu. Die Harmlosen und die Gefährlichen. Jedenfalls die, die noch leben. Und plötzlich …

Ein scharfer Schrei!

Juli formt mit den Händen einen Trichter und schreit. Probehalber.

Irgendetwas raschelt zwischen den Bäumen und Juli zuckt zusammen. Es gibt keine gefährlichen Tiere in diesem kleinen Stück Wald, hat Marthe ihr versichert.

Im Film in Julis Kopf streicht jetzt ein Schatten über die Bäume. Er wird größer und größer. Riesig. (Musik ausfaden, Herzklopfen einspielen, laut, immer lauter.)

Juli rennt den Waldweg entlang, ihre Füße pochen dumpf, wie Herzschlag. Die Lichtblaue, sie ist die Lichtblaue. Doch noch gehört der Wald der Dunkelheit. Und der grausame Schatten über den Bäumen wird schneller, gieriger.

Aber jetzt ... jetzt ... erwacht das Licht ... Und der Wald beginnt zu funkeln. (Hier muss die Musik sich ändern, was mit Trompete, total laut und triumphierend.) Alle seine Millionen Diamanten brechen das Licht, das da unten über den Waldboden läuft. Der Schatten über den Bäumen scheint zu zögern. Und dann ... genau in dem Moment erreichen die ersten Sonnenstrahlen die Wipfel (besonders lauter Trompetenstoß) und der ganze Wald strahlt und funkelt, dass man sich die Augen zuhalten muss.

Die Schatten, die unter den Bäumen lauern, verschwinden, sie rutschen in Kaninchenlöcher und Ritzen, in tote Bäume und gesprungene Steine (ein Geräusch wie gluckerndes Wasser oder so). Auch der schreckliche Schatten hoch oben in der Luft dreht ab, man sieht, wie er gegen den immer blaueren Himmel immer kleiner wird.

Unten im Wald aber läuft Juli, die Lichtblaue, in ihrem

schimmernden Anzug, der eng anliegt wie eine zweite Haut. Ihre blauen Haare glühen. Und es ist klar, dass das Licht im Wald von ihr kam. (Jetzt muss da ihre Musik rein, ihr Thema. Keine Ahnung – vielleicht etwas mit Geige. Kenn ich jemanden, der Geige spielt?) Sie läuft weiter, langsamer jetzt. Sie keucht kaum, denn sie ist gut trainiert. Durch ihren matt leuchtenden Anzug kann man ihre Muskeln sehen.

Nun wird der Weg enger, Brombeerranken versperren ihn. (Musik fadet aus, man hört Wellen.) Hinter dem Wald liegt das Meer. Der Anzug folgt all ihren Bewegungen und ...

RATSCH!

CUT! CUT!

Juli lässt sich vornüber hängen. Von wegen: keucht kaum. Von wegen silberner, elastischer Anzug, von wegen, folgt all ihren Bewegungen. Mist-Brombeerranken! Papas altes, riesiges Che-Guevara-Top kaputt, richtiger Dreieckriss, und der Ratscher auf ihrem Oberschenkel ist auch nicht schlecht. Sie leckt ihren Zeigefinger an und wischt das Blut ab.

Es dauert bestimmt eine Minute, bis sie wieder ruhiger atmen kann. Sie richtet sich auf und sieht sich um. Von wegen: Meer. Aber es muss zumindest Marthes Bach sein. Er ist tief und breit, beinahe ein Fluss. Ein Blatt treibt rasch vorbei, strudelt eine Weile am Ufer und wird dann von der Strömung mitgenommen.

Leichter Nebel liegt über der Weide auf der anderen Seite des Wassers, die Bäume bekommen gerade erst wieder Farbe nach dem Grau der Nacht.

Und wo ist jetzt die Badestelle, von der Marthe behauptet hat, dort sei es so tief, dass auch ihre Pferde schwimmen könnten? Juli schaut die Strömung hinauf und hinunter. Ein Stück aufwärts, am Waldsaum entlang, treten die Ufer weiter auseinander. Dort ragt ein alter Steg in den Bach, graues Holz, ziemlich abgebröckelt, am Ende neigt er sich ins Wasser, als wolle er untertauchen.

Im Ufergras werden ihre Chucks dunkel vor Nässe. Egal, sie werden schon wieder trocknen, der Tag soll heiß werden. Einige Schritte vor dem Steg ist eine Matschstelle, rechts und links wachsen Schilfbüschel. Hier geht es sanft ins Wasser hinab, die Erde ist voller Hufspuren.

Schilf biegt sich über den Steg. Juli setzt den rechten Fuß auf das Bröckelholz. Mal sehen, wie gut es hält. Man muss ganz vorsichtig über die Planken balancieren. Damit man rechtzeitig zurückspringen kann, wenn sie nachgeben. Man muss sich auch ganz vorsichtig hinsetzen. Juli schlüpft aus ihren Schuhen. An der linken Ferse hat sie eine Blase.

Der Steg ist feucht. Ihr Po jetzt auch. Man könnte es auch nass nennen, denkt sie und lässt ihre Füße ins Wasser hängen. Das Wasser ist auch nass und ziemlich kalt.

Wahnsinn, wie laut die Vögel singen, wenn die Sonne aufgeht.

Juli legt sich langsam auf den Rücken und verschränkt die Arme unter dem Kopf. Sie lächelt zum Himmel hoch.

Irgendetwas knackt im Wald. Juli schreckt auf.

Pferde? Kühe? Schafe? Hunde??

Klingt eher nach einer Herde fröhlicher Dinosaurier!

Julis Herz klopft schmerzhaft. Notfalls könnte man sich ja

ins Wasser schmeißen. Aber da kann einem das Herz stehen bleiben und …

Als er aus dem Wald tritt, kneift er die Augen zusammen. Juli sitzt still. Ganz still. Vielleicht verschwindet er ja wieder.

Der Junge sieht nicht zu dem alten Steg herüber. Er trottet zur Pferdebadestelle am Ufer, hockt sich nieder, wippt auf seinen Fersen und scheint auszuprobieren, wie kalt das Wasser ist. Das könnte Juli ihm auch so sagen: kalt.

Der Junge hat halblange braune Haare. Wie Kastanien, denkt Juli. Scheint keine Bürste zu haben. Aber dafür ziemlich kleine Ohren. Und ziemlich helle Augen. Seine Jeans schlabbert und er hat total braune Arme. Mit so einem Faden dran, vielleicht einem Freundschaftsarmband, das ist schon ganz blass geworden.

»Bist du eigentlich ein Junge oder ein Mädchen?«, ruft der Junge plötzlich herüber. Er steht jetzt im Sonnenlicht, seine Haare leuchten und er sieht sie direkt an. Er wusste also die ganze Zeit, dass Juli da ist! Und schon wird sie rot, so ein Mist. Sie legt den Kopf auf ihre Knie.

Wenn er redet, sieht man, dass er etwas schiefe Vorderzähne hat, der eine schiebt sich vor den anderen. Auch seine Nase sitzt etwas schräg im Gesicht. Aber die ist in die andere Richtung schief, denkt Juli, wie ein Zickzack im Gesicht.

Sie hebt den Kopf. »Und du?«

»Ist doch wohl klar, oder?«

»Aso?«, ruft Juli zurück. »Okay, lass mal überlegen: weil deine Schuhe offen stehen? Weil du Vegetarier wahrscheinlich für Aliens vom Planeten Vega hältst? Weil in deinen Chats immer nur steht:

Hi.

Hi.

Wmd.

Hi.

Hi?«

Der Junge rollt mit den Augen. »Nee, weil ich ein Junge bin!«

»Okay, ich glaub dir. So eine blöde Antwort kann nur ein Junge geben.«

Der Junge mit der blöden Antwort starrt Juli an. »Du bist ein Mädchen, auch wenn du nicht so aussiehst. Du laberst nämlich so. Und ihr schickt euch übrigens ständig Voicemails.«

»Ach. Echt?«

Er hat eine heisere, schon ziemlich tiefe Stimme wie manche Jungen aus Julis Klasse.

»Was machst du hier?«, ruft Juli hinüber.

»Und du?«

Schwach! So ein Nachmacher!

»Ich führe ein Forschungsprojekt durch. Wir beobachten Wilddruden. Im Wald. Waldwilddruden. Eine Woche lang.« Juli starrt an dem Braunhaarigen vorbei. »Oh, mein Gott! Du hast sie aufgeweckt! Da … hinter dir …!«

Er sieht nicht einmal hin. »Ha. Ha. Und daneben steht ein Graugnom.«

Julis Herz klopft schneller. Er kennt *Ronja Räubertochter,* ihr absolutes Lieblingsbuch – also, in ihrer Kindheit natürlich.

Er grinst, als er sieht, dass sie auch grinst. Der Nebel über der Weide hat sich inzwischen gelichtet, Himmel und Bäume glühen.

»Und was machst du jetzt hier?«

»Schwimmen.«

»Ist aber noch ganz schön kalt.«

Er zuckt die Schultern, kneift die Augen zusammen und schaut auf das rennende, strudelnde Wasser. Und dann watet er langsam in den Bach hinein. Ohne sich umzudrehen.

Mit allen Kleidern.

Julis Mund klappt auf. Er kann doch nicht ...

Der Bach zerrt an ihm, sein Hemd flattert um ihn herum, als wolle es ihn bachabwärts ziehen. Jetzt stößt er sich ab. Er krault. Juli kann nicht kraulen.

»He! Schwimmst du jetzt zum Nordpol?«, ruft sie.

Wenn man krault, hat man sicherlich Wasser in den Ohren. Kurz schwimmt er gegen den Strom, in den aufblühenden Morgen hinein. Dann taucht er ab.

Und – nicht wieder auf.

Juli beißt sich auf die Fingerknöchel.

Da! Neben der Trauerweide, dort, wo der Bach eine Kurve macht! Das muss sein Kopf sein. Ein letztes Mal sieht sie seine braunen Haare. Jetzt ist er verschwunden.

Die Vögel zwitschern immer noch, aber leiser. Ein paar kleine Wellen laufen auf das Ufer zu.

Juli lässt sich wieder auf den Steg zurücksinken. Schlechte Idee, weil der Steg sofort nachgibt und sie beinahe im Wasser landet. Sie fischt ihren linken Schuh aus dem Bach.

Sie weiß noch nicht einmal, wie der Typ heißt.

Vielleicht ist er doch einer von den Enkelkindern von Marthes altem Nachbarn, Juli hat seinen Namen vergessen. Mal schauen, ob sie Marthe fragt ...

Als sie eine Stunde später auf den Hof zurückkehrt, wartet Marthe schon an der Stalltür auf sie. Ihre Laune ist unterirdisch. Dass Juli einfach verschwunden ist! Ohne Bescheid zu sagen!

Und Mama hat sich noch nicht gemeldet.

Drei Tage! Hitze, Pferdemist, Hühnereiereinsammeln. (Aber nur, wenn die Hühner auf dem Hof rumrennen und nicht in ihrem Gehege.)

Reitstunde?

Vergiss es, Marthe. Juli hat großzügig darauf verzichtet.

Handy?

Vergiss es, Juli. Marthe hat es großzügig eingezogen, damit Juli sich »exponieren lässt«. Im Rahmen der »Verhaltenstherapie« gegen ihre »Tierphobie«. Damit sie nicht ständig »in ihrem Handy versinkt«.

Es gibt übrigens eine Bushaltestelle.

In zehn Kilometern Entfernung, haben die Reitkinder behauptet.

Mindestens.

Dann haben zwei von ihnen Geburtstag. Und sie feiern ihren Kindergeburtstag natürlich ausgerechnet auf Marthes Hof. Marthe kriegt Geld dafür, sie gibt Juli immerhin etwas davon ab. Und da Juli Geld für eine Fahrkarte braucht beziehungsweise erst einmal für eine Flugkarte zu dieser Haltestelle, steht Helfen an: Kartoffeln schälen, Streuselkuchen backen, Würstchen aufwärmen – erst danach erlaubt Marthe Juli wieder einen freien Tag.

»Kann ich an den Bach?«

Marthe bindet eines ihrer vier Ponys an den Zaun. »Natürlich. Aber nur an die Badestelle. Versprochen? Und zum Abendessen bist du zurück.«

»Kann ich in dem Bach wenigstens schwimmen?«

»Wenn du es kannst ... Und Vorsicht: Die Strömung ist ziemlich stark.«

»Kann ich jetzt mein Handy wiederhaben?«

»Natürlich *nicht*. Nach dem Abendessen, wie verabredet.«

»Kann ich die alte Isomatte mitnehmen, die auf dem Dachboden steht?«

»Kannst du. Aber wozu brauchst du die denn?«

Gegen Ameisen. Aber das sagt Juli Marthe lieber nicht. Vielleicht auch gegen Regenwürmer oder Käfer oder so etwas. Man wird sehen.

Juli rennt.

Handtuch, Buch, Unterhose, Sweatshirt (»Für den Fall, dass es später kühl wird«, würde Mama sagen), Isomatte zum Aufblasen im Rucksack. Was zu trinken und was zu essen, eine Menge zu essen. Und Sonnenmilch natürlich, Marthe hat ihr eine ganze Flasche mitgegeben. Obwohl Juli eigentlich nicht vorhat, in Sonnenmilch zu baden, sondern im Bach.

Sie rennt an Marthes Weiden entlang, Papas altes Hard-Rock-Café-T-Shirt flattert um sie herum, ihre kurze Cargo-Hose schaut kaum noch unten heraus. Die Sonne brennt auf ihren Nacken, dann taucht sie in den Wald ein. Hier ist es angenehm kühl. Lichtpunkte spielen auf dem Weg.

An der Abzweigung zögert sie. An den Feldern entlang – hat Marthe gesagt – geht es zu einer anderen Badestelle, fast einem kleinen See. Mit einem echten kleinen Badestrand und richtigem Sand, den hat die Kommune dort aufgeschüttet.

»Da sind bestimmt auch Kinder in deinem Alter, Juli«, hat Marthe gesagt.

Kinder! Schnaub.

Den Weg geradeaus kennt Juli.

Sie denkt an den Bach und spürt schon das Wasser an ihrem Körper zupfen und ziehen. Neben dem alten Steg ist der Boden sumpfig, überall wächst Schilf und das Wasser ist braun.

Juli kaut an ihrem Daumennagel.

Sie nimmt den Weg geradeaus.

AUSSEN. WALD - DIESE EINE SOMMERNACHT

Das MÄDCHEN geht, es hält sich dabei die Seite. Es kann einfach nicht mehr. Plötzlich springen ein paar Tiere, Rehe, wie Schatten auf den Weg. Das Mädchen zuckt zusammen und bleibt stehen. Die Rehe sehen herüber. Da kommt dem Mädchen eine Erinnerung in den Sinn.

AUSSEN. EINE WEIDE IN DER DÄMMERUNG - FÜNF JAHRE ZUVOR

Ein MANN und ein MÄDCHEN laufen hintereinander über eine Weide.

MÄDCHEN

Papa, weißt du eigentlich, dass ich jetzt richtig gut wiehern kann?

MANN

Tatsächlich? Aber nicht jetzt, Juli ...

Zu. Spät. Drei Pferde antworten, drei riesige Schatten tauchen auf. Der Mann packt das Mädchen an der Hand und zieht es über die Weide, es fliegt beinahe. Kurz bevor die Pferde sie erreichen, rollen sie sich unter dem Stacheldraht durch. Das Mädchen wäre lieber auf der Weide geblieben. Die wilden Pferde, die Dämmerung - das ist so cool!

VIER. Die Haut des Dinosauriers

Sie sieht es schon von Weitem durch die Bäume hindurch schimmern. Etwas, das nicht dorthin gehört, weil es nicht grün ist. Juli geht von Trab in Schritt über. Daneben hockt etwas und das ist ... ein Mensch. Ist das etwa ...?

Julis Herz macht einen Sprung. Als sie in die Sonne tritt, hält sie die Luft an.

Er dreht sich nicht um. Möglicherweise ist er taub. Könnte natürlich daran liegen, dass er Stöpsel in den Ohren hat, die Kabel verschwinden in der Brusttasche von seinem Hemd. Das Hemd ist zu groß. Ein bisschen. Außerdem pfeift er vor sich hin. Und es *könnte* natürlich sein, dass es irgendwo auf der Welt *genau* so ein Lied gibt, aber wahrscheinlicher ist: Es ist *Sometimes* von Julien Bam. Er pfeift es falsch.

Irgendwas bastelt er da zusammen, so ein Holzgestell. Daneben liegt eine Art dicke Haut aus Plastik und Stoff und sieht ziemlich tot aus, so luftleer. Was ... ist ... das?

Er zuckt so zusammen, dass er fast aus der Hocke in die Höhe springt, als sie neben ihn tritt.

»Hi«, sagt Juli. »*Sometimes.* Von Julien Bam.«

Er zuckt die Schultern. Als sei es selbstverständlich, dass Juli Julien Bam kennt.

Er hat ja keine Ahnung!

»Was machst du denn hier?« Er rupft sich die Stöpsel aus den Ohren.

»Äh. Gehört die Badestelle etwa dir?«

Nächstes Stück Holz. Er baut ein … Gerippe?

»Ist das ein Dinosaurier-Skelett?«

Er sieht zu ihr hoch und runzelt die Stirn. »Klar«, sagt er. »Gut erkannt. Ein Brontosaurus. Gibst du mir mal das rechte Bein?«

Juli schaut sich suchend um. Alles, was da herumliegt, sieht eher aus wie Rippen. Nirgendwo Beine.

Er guckt wieder hoch, die Haare fallen ihm wieder in die Augen und er schüttelt den Kopf. »Mann, das ist ein Faltboot! Erkennst du das nicht? Hast du echt geglaubt, ich baue hier ein Saurierskelett zusammen? In den Ferien? Bin ich bescheuert?«

»Pfff«, sagt Juli. »Was willst du hören – die Wahrheit?«

Aber er antwortet nicht. Er friemelt ein Stück Holz in ein anderes Stück Holz hinein und plötzlich macht es »klapp« und ja, man könnte das wohl ein Boot nennen … Wenn da nicht so viel Lücke wäre.

»Das schwimmt so aber nicht«, stellt Juli sicherheitshalber fest. Jungen haben ja manchmal sehr merkwürdige Vorstellungen.

»Nee, natürlich nicht. Da muss ja auch noch die Hülle drüber«, sagt er, schüttelt nochmals den Kopf und macht sich wieder an dem Skelett zu schaffen.

»Wie heißt du eigentlich?«, fragt Juli.

»Und du?«, sagt er.

»Juli. Wie August.«

»Äh … echt?«

»Oder wie Dezember, wenn dir das besser gefällt«, sagt Juli und rollt mit den Augen.

»Okay. Ich heiße Jonte. Meine Mutter steht auf Astrid Lindgren … Hilfst du mir mal mit dem Teil?«

Es ist schwierig, das Gerippe in die Hülle zu schieben, es ist irgendwie zu groß und die Hülle ist irgendwie zu klein. Aber als Jonte das Gerippe noch einmal halb zusammenklappt und erst in die Haut steckt, dann wieder ausklappt, da liegt plötzlich ein echtes Paddelboot vor ihnen.

»Was ist das hier denn?«, fragt Juli und zeigt auf zwei merkwürdige Schläuche am Ufer.

»Die Auftriebsschläuche, schätze ich.«

»Muss man die aufpumpen?«

Dieser Jonte zuckt mit den Schultern. »Kann man machen.«

»Hast du eine Pumpe?«

»Nö?«

Sie pumpen die Schläuche mit ihren Lungen auf. Als ihnen klar wird, dass die Schläuche unter die Hülle gehören, lassen sie die Luft wieder heraus. Als die Schläuche schließlich voller Luft an den dafür vorgesehenen Stellen sitzen, ist Juli ganz schön erschöpft.

»Willst du *damit* auf den Bach?«, fragt sie.

»Klar. Warum?«

»Öh. Sieht ziemlich alt aus. Ich meine: sehr alt. Mega alt. So Museum.«

»Ist von meinem Opa.«

»Ach so, deshalb.«

Jetzt stehen sie beide vor dem Boot. Es sieht auch ziemlich

staubig aus, die Hülle ist ganz ausgeblichen. Und insgesamt ein wenig ... klapprig.

»Geht das nicht unter?«, fragt Juli.

»Keine Ahnung.«

»Na ja, du kannst ja schwimmen«, hält Juli fest.

»Willst du ein Stück mit?«

»Hä? Bin ich lebensmüde?«

»Kannst du *nicht* schwimmen?«, fragt Jonte erstaunt.

Und da muss Juli zugeben, dass sie auch schwimmen kann.

»Die Paddel sind da hinter dem Busch«, sagt Jonte und zeigt hinüber.

Immerhin kann Juli schneller rennen.

Die Paddel sind genauso Museum.

»Kannst du paddeln?«

Jonte zuckt die Schultern. »Klar. Ist nicht schwer.«

Was schwer ist, ist das Boot. Bloß Holz und Stoff und trotzdem sooo schwer. Gut, dass Juli seit neustem Armmuskeln hat. Das wissen bloß die Armmuskeln noch nicht, aber irgendwann wird es ihnen schon noch auffallen.

Es dauert, bis das Boot endlich im Wasser liegt. Tatsache ist, dass es wider Erwarten nicht sofort untergeht, es dreht sich nur in die Strömung. Und doch ...

»Los, steig ein«, sagt Jonte. Er bindet die Leine an einer Uferwurzel fest, sorgfältig.

»Moment. Sekunde. Ich muss noch mal ... hinter einen Baum.«

Hinter dem Baum zieht Juli zögernd ihre kurze Hose herunter. Irgendwie ... aber was soll schon passieren? Und eigentlich kann Marthe auch nichts dagegen haben. Ob sie nun schwimmt oder ein Boot für sie schwimmt, ist doch egal, oder? Und im Gegensatz zu Juli hat das Boot ja Auftriebsschläuche.

Sie braucht eine ganze Weile.

Als sie endlich zurückkommt, ist Jonte verschwunden. Er sucht irgendetwas zwischen den Büschen. Juli sieht das Boot an. Soll sie nun einsteigen?

Wieder einmal knistert und knackt es im Wald, das scheint die Hauptbeschäftigung der Wälder hier zu sein und Juli wird glühend heiß. Wenn Marthe Unrecht hatte und es doch gefährliche Tiere in dieser Gegend gibt? Vielleicht ... Wildschweine? Julis Herz trommelt. Lieber ins Boot steigen oder lieber ... Also lieber ertrinken oder lieber ... Fressen Wildschweine eigentlich Menschen?

Lieber ... Boot!

Geschafft. Es wackelt. Es wackelt ganz schrecklich. Aber unglaublicherweise geht es nicht unter!

Jetzt hört man die Brombeerranken ein weiteres Mal genüsslich an Stoff reißen. Also, angezogene Schweine gibt es hier ja wohl nicht.

Es ist ein kleiner Junge!

Er bleibt abrupt stehen und blinzelt gegen die Sonne, bis er das Boot entdeckt. Dann kommt er zögernd näher. Vorne fehlen ihm zwei Zähne. Jemand neben Juli stöhnt. Jemand, den Juli durch das Gluckern des Baches gar nicht zurückkommen gehört hat.

»Kennst du den?«, fragt sie erstaunt.

Jonte grunzt.

»Der ist ja süß! Wer ist das denn?«

Er ist jedenfalls eindeutig süßer als Marthes Reitkinder.

Jonte verstaut irgendetwas im Boot, dann dreht er sich zu dem Jungen um.

»Mann, Per!«, bellt er. »Wie hast du mich gefunden?«

Per steht am Ufer und zwinkert und wischt sich mit der Faust am Auge herum. Weint er etwa? Juli fühlt, wie ihr Herz Knitterfalten bekommt.

»Lass ihn doch einfach mitkommen! In der Mitte ist noch Platz.«

»Nicht mit dem ganzen Zeug!«, faucht Jonte zurück.

»Was für Zeug?«

»Mein Rucksack und so und ... Ach, ist ja egal. Los, Per, steig ein! Machen wir eben eine kleine Tour.«

Per hat auch abgeschnittene Jeans an. Die fransigen Hosensäume sind nass, als Jonte ihn hinter Juli ins Faltboot hievt. Er hat so dünne Beine!

»Setz dich in die Mitte auf den Rucksack und tritt nur auf das Holz, klar?«

Per nickt und ruckelt sich zurecht. Juli dreht sich um und schaut in seine strahlenden Augen. Er sieht seinem großen Bruder ziemlich ähnlich. Allerdings hat der Große eindeutig mehr Zähne.

»Jonte, gibst du mir auch ein Paddel?« Per lispelt, wenn er aufgeregt ist.

Jonte steigt in das Boot, Juli krallt sich unauffällig am Rand fest und Per kichert. Aber dann ...

Es schwimmt.

Nirgendwo dringt Wasser ein.

Und es geht *immer noch nicht* unter. Kein bisschen! Sehr seltsam.

Jonte zieht das Boot an die Wurzel heran und angelt nach den Paddeln. Er drückt Juli eines in die Hand, und während sie noch damit beschäftigt ist herauszufinden, wo vorne und hinten ist, löst er schon den Knoten. Juli schaut ihm zu. Er stößt ab, und sofort beginnt das Faltboot, sich in den Strom zu drehen. Jonte hebt sein Paddel und sieht Juli auffordernd an.

Juli presst die Lippen zusammen. Jetzt ... beginnt wohl das Abenteuer.

Hilfe! Das Wasser ist ... so schnell!

Sie nutzen die Paddel, um in der Mitte des Baches zu bleiben und nicht das Ufer zu rammen. Trotzdem passiert es. Wieder und wieder. Sie sind atemlos vor Schreck. Sie kichern, Wasser spritzt auf Julis Knie, läuft die Paddel hinunter und in Julis T-Shirt-Ärmel hinein.

Julis Herz hämmert, das alte Faltboot scheint aus lauter Gelenken zu bestehen – es wackelt und knackt. Zwischen den Holzspanten wölbt sich die Außenhaut etwas nach innen und Juli spürt die Kühle des Baches an ihren Fußsohlen. Dann wird die Strömung ruhiger, der Bach breiter.

»Jetzt müsste bald der erste See kommen«, sagt Jonte.

»See?«, fragt Juli und dreht sich um.

»Pass auf!«, ruft Jonte.

Die Spitze des Paddelbootes ist schon ganz matschig, so oft hat sie bereits das Ufer geküsst. Ein Grasbüschel hat sich in der Öse verfangen.

Jonte seufzt. »See, ja, klar. Seenplatte. Die hängen alle irgendwie zusammen, wie ein riesiger Fluss. Am Ende fließt das Wasser dann wieder zusammen in einen richtigen Fluss. Wusstest du das nicht?«

Juli schüttelt den Kopf.

Aber bevor sie irgendeine Art von See erreichen, müssen sie sich aus den tausend Armen einer Trauerweide befreien. Juli beißt die Zähne zusammen, als eine Spinne sich von einem der Zweige abseilt und beinahe auf ihr landet. Sie wischt sie mit dem Paddel fort. Dann ist es so weit ...

Sie schweigen, während sie hinaus auf den See gleiten. Ruhiges Wasser, glatt wie ein Spiegel. Ein paar Wasserläufer malen feine Sprünge hinein, ein dicker, mit Wasser vollgesogener Ast treibt an ihnen vorbei.

Wie schön!

Und wie leicht Paddeln ist, wie Schlittschuhfahren, man nimmt nur ...

»He, paddel mal gleichmäßiger!«

Juli dreht sich zu Jonte um.

Er wirft ihr einen Blick mit gerunzelter Stirn zu. »Ich muss meine Arme im gleichen Rhythmus bewegen wie du. Sonst krachen wir zusammen. Wusstest du das nicht?«

Pff. Aber nun bemüht Juli sich, das Blatt gleichmäßig einzutauchen.

Plisch, plosch.

Gleichmäßig und gleichzeitig.

»Okay, Per.« Jonte hinter ihr räuspert sich. »Wir drehen jetzt eine Runde auf dem See und dann ... Erinnerst du dich noch an die alte Mühle?«

Juli spürt, wie Per heftig den Kopf schüttelt, das halbe Boot wackelt mit.

»Doch, bestimmt! Das Restaurant, wo wir letztes Jahr mit Ops und Mama und Papa waren. Zu Ops' Geburtstag.«

»Nööö«, sagt Per.

»Ach, egal. Da setze ich euch jedenfalls nachher ab. Von dort kann man zu Fuß über die Felder zu Ops zurücklaufen. Oder ihr nehmt den Bus, da fährt alle halbe Stunde einer.«

Per sagt gar nichts.

Moment: Bus? Hier? Das wäre normalerweise eine interessante Info. Juli paddelt nachdenklich weiter. Andererseits kennt sie sich doch hier überhaupt nicht aus! Und Per ist noch zu klein, der kennt den Weg sicher auch nicht. Außerdem ...

Juli wirft einen Blick über die Schulter. »Und was machst du? Ich meine, nachdem du uns abgesetzt hast?«

»Geht dich überhaupt nichts an!«

»Boah. Entschuldigung. War nur so eine kleine Frage!«

Juli spürt, wie sie rot wird. Sie starrt geradeaus aufs Wasser. Schließlich hat *er* doch gefragt, ob sie Lust hat mitzukommen.

»Okay. Ich ... will nur noch ein bisschen rumfahren. Auf dem See.«

»Das kannst du ja wohl auch mit uns«, sagt Juli, ohne sich umzudrehen.

Hinter ihr schluckt und schluckt jemand. Jetzt dreht Juli sich doch um. Und – na klar: Pers Augen stehen voller Tränen. Bestimmt hat er sich total darauf gefreut, einen Ausflug mit seinem großen Bruder zu machen.

»Ich hab jedenfalls den ganzen Tag Zeit«, sagt sie. »Und ich hab auch was zu essen mit, das können wir teilen und ...«

»Du hast versprochen, dass du auf mich aufpasst!«, schreit Per. »Hast du Ops versprochen! Und Mama und Papa! Weil

Ops sich nicht so gut bewegen kann! Das weiß ich genau!« Seine Unterlippe zittert.

Juli muss lächeln, im Geheimen. Per ist wirklich süß.

Vor ihnen taucht am Ufer ein großes Fachwerkhaus auf. Weiße Schirme mit irgendeiner Bierreklame. Davor sind eine ganze Menge Autos aufgereiht.

Das Boot wird langsamer, Juli braucht auf einmal viel mehr Kraft, um es vorwärtszubewegen. Jonte hat wohl aufgehört zu paddeln. Sie legt ihr Paddel vor sich auf den Holzrand und wartet.

Jonte malt mit dem Zeigefinger Muster auf die Wasseroberfläche. Sie schaukeln sanft in den Wellen eines kleinen lauten Motorbootes, das schon weit hinten auf dem See verschwunden ist. Juli will noch nicht aussteigen, sie will nicht, dass dieses kleine bisschen Abenteuer jetzt schon zu Ende geht. Sie hat doch Jonte gerade erst kennengelernt!

»Okay, Mann. Dann paddeln wir eben zu der Insel.«

Insel?

»Welche Insel, Jonte?«, fragt Per.

Das Boot nimmt wieder Fahrt auf. Juli atmet einen kleinen Glücksseufzer und beeilt sich, in Jontes Paddelschläge einzufallen. Sie nähern sich dem Restaurant und seinen Stimmen und seinem Geruch nach Pommes frites.

»Zu welcher Insel fahren wir, Jonte?«

»Zu der, die wir früher Geisterinsel genannt haben. Weißt du das wenigstens noch, Per?«

Juli wirft schnell einen Blick auf den Kleinen.

Per nickt. »Wo wir Feuer gemacht haben mit Ops?«

»Klar.«

»Und … und Fische gebraten?«

»Hmhm.«

»Oooh … ja!«

»Klingt voll cool«, sagt Juli. Sie nickt Per aufmunternd zu. »Ich war noch nie auf so einer Insel.«

»Echt nicht?« Jonte runzelt die Stirn.

Aber Juli zuckt bloß mit den Schultern. Zwischen zwei Paddelschlägen.

Jetzt liegt das Restaurant hinter ihnen, die Stimmen klingen dumpfer, verschwinden hinter einer Biegung.

Sie paddeln eine Weile schweigend, nur Per summt irgendeine Melodie vor sich hin.

AUSSEN. WALD. WEGKREUZUNG - DIESE EINE SOMMERNACHT

MÄDCHEN

(flüstert)

Und wo soll ich jetzt hin? An diesen Wegweiser erinnere ich mich überhaupt nicht! Ich glaube ... das war falsch. Ich bin vorhin falsch abgebogen!
Schnell - wohin führt der Weg hier? Das Schild ist grün, die Schrift ist schwarz, es hängt total hoch und es ist pechdunkel. Wie soll man das denn lesen ...? Und der Mond ist doch kaputt! Ich schaffe es nicht. Aber ich **muss** es schaffen ... ich darf nicht aufgeben!

FÜNF. Die Insel

»Und warum siehst du jetzt aus wie ein Junge?«

Die Frage trifft Juli voll am Hinterkopf. Sie dreht sich um. »Bloß wegen meiner Klamotten? Und dem Stirnband?«

Jonte sagt nichts, allerdings wird er etwas rot.

Juli weiß, was er *auch* meint: Er meint *auch*, dass sie nicht unbedingt einen BH braucht.

»Du kannst dir doch selber bestimmt schon einen Zopf flechten, oder?«, fragt Juli und versucht, eine Augenbraue hochzuziehen. Was peinlicherweise in die Hose geht. Was ehrlicherweise *immer* in die Hose geht.

»Ha. Ha«, sagt Jonte nur müde. »Ich schneide sie mir nach den Ferien wieder ab.«

»Ich färbe sie mir nach den Ferien blau.«

Daraufhin sagt Jonte eine Weile gar nichts.

Nur Per, der immer abwechselnd Juli und Jonte angesehen hat, kichert. »Haha. Jonte ist ein Mädchen!«, singt er.

Juli dreht sich um, das mit den blauen Haaren ist ihr gerade erst eingefallen, vielleicht hat die Lichtblaue etwas damit zu tun. »Wohnt ihr bei eurem Opa?«, fragt sie nach hinten.

»Ja. Aber nur in den Ferien.«

»Die ganzen Ferien?«

»Ja.«

»Ich bin nur für drei Wochen hier. Zum Glück!« Mist! Und wenn er jetzt total gerne hier ist? »Also zum Glück, weil ... Ich wohne auf einem Ponyhof. Aber da wollte ich gar nicht hin. Ich bin da nur, weil ... ach, ist ja egal.«

»Versteh ich nicht. Ich dachte, Mädchen finden Pferde total toll.« Jonte grinst Juli an.

»Wieso? Ich bin doch gar kein Mädchen. Schon vergessen?« Sie grinst zurück und zeigt dabei ihre Zähne.

»Ich will mal fliegen in den Ferien«, sagt Per. »Ich bin noch niiiie geflogen! Aber Jonte auch nicht«, fügt er zufrieden hinzu.

»Ich fliege in drei Wochen mit meiner Mutter und ihrem Freund auf die Malediven«, sagt Juli und dann wird ihr Gesicht glühend heiß. Sie dreht sich schnell um und sieht vor sich auf das Wasser.

Keine Ahnung, warum sie so einen Quatsch erzählt. Mama *ist* schon auf die Malediven geflogen. Ohne sie.

Per spritzt ein paar Enten und dabei auch Jonte nass, solange, bis Jonte mit seinem Paddel zurückspritzt.

»Per und Jonte sind lustige Namen«, stellt Juli nach einer Weile fest.

»Aus *Saltkrokan* und *Kalle Blomquist*«, sagt Jonte knapp. »Meine Mutter hat uns alle Astrid-Lindgren-Bücher vorgelesen.«

Juli kann kaum mithalten mit seinem Tempo. Ständig verknoten sich die Paddel.

»Deswegen wusstest du, was Wilddruden sind«, sagt sie.

»Aus *Ronja*!«, schreit Per begeistert. »Das ist mein Liiiieblingsbuch!«

Um ein Haar kentert das Kanu. Juli kann gerade noch gegenhalten. »Okeee«, sagt sie.

»Wir haben auch noch drei Schwestern. Die heißen auch alle wie Bücher von Astrid Lindgren!«, schreit Per wieder. »Willst du wissen, wie?«

»Echt? Ihr seid fünf Kinder?«, fragt Juli und wendet sich um. »Ich bin Einzelkind.«

»Das stelle ich mir sehr schön vor«, sagt Jonte und wirft seinem Bruder einen langen Blick zu.

»Das ist voll langweilig. Ich wollte immer Geschwister.«

Sie dreht sich wieder zurück, was eine gute Idee ist, weil irgendjemand ein Seerosenfeld auf dem See ausgebreitet hat. Und gleich dahinter ein Ufer.

»Pass auf!«

»He, du hast doch gesagt, du steuerst mit dem Fußdings da!«

Auch ein See kann sich offenbar gabeln. Hier geht es jedenfalls in zwei Richtungen.

»Wir müssen auf jeden Fall nach rechts!«, sagt Per und zeigt nach links, wenn Juli das richtig sieht.

Es kribbelt in ihrem ganzen Körper. Es ist so schön auf diesem See.

»Ist sie weit, die Geisterinsel? Woher kennst du die?«

»Nicht so weit. Mein Opa ist mit uns öfter dahin gefahren«, sagt Jonte.

»Wir müssen aber da lang«, beharrt Per. »Doch, das weiß ich ganz genau!«

»Habt ihr ein Handy? Dann können wir ja nachsehen«, sagt Juli.

»Meins ist kaputtgegangen«, sagt Jonte. Er klingt mürrisch.

»Ha!«, sagt Juli. »Ich habe meins auch nicht mit. Marthe, also die, wo ich wohne, hat es gestern einkassiert.«

»Marthe?«, fragt Per. »Meinst du Tante Marthe? Die mit den Islandpferden? Wohnst du bei der?«

»Nein. Ich meine Marthe«, sagt Juli. »Aber ja, die hat auch Pferde.«

»Es gibt nur eine Marthe hier«, sagt Jonte. »Nämlich Marthe Januszewski.«

»Genau«, sagt Juli. »Aber ich nenne sie Marthe. Nicht Tante Marthe.«

»Und woher kennst du sie?«, fragt Jonte.

»Sie ist meine Tante.«

»Ah. Alles klar.«

»Ich nenne meine Tante ›Tante‹«, stellt Per fest. »Und Tante Marthe nenne ich auch Tante.«

»Du bist ja auch noch klein«, sagt Jonte knapp. »Du nennst alle ‚Tante'.«

»He, aber mich nicht, Per, okay?!«, protestiert Juli und dreht sich um.

Per schüttelt heftig den Kopf. Dann grinst er. »Ich hab mein Handy in der Tasche«, sagt er. »Aber damit kann man nicht auf eine Karte gucken.«

»Das alte Nokia?«

Per fischt es heraus und zeigt es seinem Bruder.

»Aufgeladen?«

»Klar«, sagt Per stolz.

Jonte überlegt kurz. »Schalt es aus.«

»Warum denn?«

»Akku sparen.«

Wieder kribbelt es in Julis Bauch.

»Darfst du das Boot eigentlich haben?«

Jonte sagt nichts. Nur: »He, pass auf mit deinem Paddel.«

Das Ufer gleitet vorbei. Ebenso einige Wasservögel. Und ein Schwan, kalter König der Seen. Julis Herz fängt an zu rasen. Der Schwan gleitet direkt auf sie zu. Er kommt näher und sie schließt die Augen. Sie kann unmöglich zugeben, dass … Nichts passiert. Vorsichtig öffnet sie die Augen wieder. Der Schwan ist vorbeigeschwommen.

»Der denkt wohl, wir sind auch ein Schwan«, sagt Jonte.

»Ist der farbenblind?«, fragt Juli erschüttert. Dann wischt sie sich die feuchten Hände an ihrem T-Shirt ab.

»Äh, hast du irgendwie Angst vor Schwänen, oder was?«

»Jonte? Ich hab Angst vor der Geisterinsel«, sagt Per.

»Ach, Quatsch«, sagt Jonte. »Es gibt gar keine Geister. Außerdem ist es doch hell!«

»Aber wenn es dunkel wird? Nachher?«, beschwert Per sich.

Jonte sagt nichts, er paddelt.

Wenn es dunkel wird, muss Juli wieder bei Marthe sein. Sonst kriegt sie richtig Ärger. Keine Ahnung, wie sie den Bach gegen den Strom raufkommen sollen. Oder will Jonte das Boot bei dem Restaurant lassen?

Aber ob dann noch Busse fahren?

Wenigstens wird es spät dunkel, jetzt im Sommer, erst nach dem Abendessen. Sie haben noch Zeit. Bis zur Dämmerung sind sie auf jeden Fall wieder zu Hause.

Armmuskeln. Wenn das hier so weitergeht, hat sie am Ende der Ferien Arme wie aus der Muckibude.

Es. Tut. Weh.

Und. Sie. Schwitzt.

Das Seewasser läuft von den Paddeln ihre Arme hinunter und unter ihrem T-Shirt weiter an ihrem Badeanzug entlang und … Durst hat sie auch. Und Hunger.

Aber Jonte paddelt einfach immer weiter. Juli beißt sich auf die Unterlippe. Sie wird nichts sagen, keinen Ton. Nie im Leben gibt sie jetzt auf. Irgendwann muss diese Insel ja auftauchen. Oder? *Oder?*

Plötzlich schreit Per: »Guck mal, da sind Fische!« Er lehnt sich so weit nach rechts, dass Juli sich vor Schreck auf die andere Seite wirft. Sehr, sehr schlechte Idee.

Als das Boot wieder aufhört zu schwanken, sagt Jonte ruhig: »Kannst ja mal einen fangen, Per! Für's Abendessen.«

»Nein!«, sagt Juli.

»Doch!«, sagt Jonte.

»Vergiss es! Wir fangen keinen Fisch! Ich bin Vegetarierin!«

»Oh, Mann. Per und ich essen den Fisch auch ganz allein auf!«

»Ops mag Fisch«, sagt Per.

»Wer ist eigentlich dieser Ops?«

»Mein Opa«, sagt Per.

Und dann fängt er doch keinen Fisch, einfach weil kein Fisch sich von ihm fangen lässt.

Sie paddeln.

Weit wird der See, ein halbes Meer. Juli gewöhnt sich an das Schwanken, wenn ein Motorboot an ihnen vorbeiprescht und das Faltboot bockt wie eines von Marthes Ponys. Sie schreit mit den Jungs: »He, du Affe, pass mal auf Kleinere auf!«

Der See verzweigt sich. Er wird inseliger, kleine Spritzer Land mit Gestrüpp darauf.

»Da ist sie«, sagt Jonte endlich leise.

Erst denkt Juli, diese Anhäufung von Bäumen sei einfach eine Beule des Ufers, aber dann lenkt Jonte das Faltboot um die Beule herum. Die Insel ist nicht groß und beinahe rund. Einige Birken wachsen auf ihr und auch andere Bäume und Büsche.

Juli dreht sich um. »Und warum habt ihr sie Geisterinsel genannt?«

Jonte schaut Per an, Per schaut auf seine Knie. Er drückt seinen Fingernagel wieder und wieder in die Haut. Lauter kleine rote Halbmonde.

»War hier mal ein Geist, oder was?«

Sie antworten gleichzeitig.

Per ganz leise: »Ja.«

Jonte lauter: »Wir nennen die so, weil kein einziger Geist auf ihr wohnt.«

Trotzdem hat Juli Per verstanden.

Jonte stupst Per an und Per sieht Juli an und grinst etwas schief.

»Ha. Du meinst, wie Marthes Hof ›Ponyhof‹ heißt, weil überhaupt kein *einziges* Pony darauf wohnt?«, fragt Juli und sieht Jonte gerade in die Augen.

»Genau. Oder Schwimmbad. Da ist ja auch kein bisschen Schwimm drin.«

»Da ist wohl Schwimm drin!«, protestiert Per.

»Eben«, sagt Jonte und grinst.

Es gibt nur eine einzige Stelle, an der man anlegen kann und von der man durch die dichten Büsche ins Innere der Insel kommt.

»Dahin, wo die Geister *nicht* wohnen«, flüstert Jonte Juli zu, als er das Boot anbindet.

Juli wirft ihm einen langen Blick zu, dann nimmt sie ihren Rucksack. Per hat sich jetzt schon an einer Brennnessel verbrannt.

»Ich glaub, wir brauchen meine Isomatte«, sagt Juli.

Sie denkt an die Flasche selbst gepressten Apfelsaft, die Marthe ihr mitgegeben hat. (»Von meinen letzten Herbstäpfeln.«) Das ist nicht viel.

»Hast du was zu trinken mit, Jonte?«

Es stellt sich heraus, dass auch Jonte einen Rucksack mitgenommen hat, voller Eisteeflaschen und Butterkeksen, Zwieback und Äpfeln. Das reicht für eine Weile. Selbst wenn man einen Per dabeihat.

Die Insel hat eine Schale, grün und stachelig wie eine Kastanie, sie hat ein Herz mit zwei kalten Feuerstellen (und einem ... äh ... öh ... Klo?) und sie hat eine kleine Badebucht. Einen Strand mit Sand gibt es nicht, aber es geht sanft und ohne Schlamm und spitze Steine in den See hinein. Das Wasser ist kühl und anschmiegsam und Juli schwimmt weit hinaus.

Per darf nicht so weit schwimmen. (»Aber ich hab schon Bronze!«)

Jonte bleibt am Ufer.

Als sie zurückkommt, ist er irgendwo im Innern der Insel beschäftigt. Per jedoch stürzt sich auf sie und Juli lässt sich von ihm unterduckern. Er zeigt ihr in der Nähe des Ufers einen Fischschwarm aus winzigen Fischen.

»Wie Unterwasserfliegen«, sagt sie. Aus gebührendem Abstand natürlich. Und er muss ihr versprechen, dass er sie nicht fängt und isst.

Jonte taucht wieder auf. »Wir könnten ein Feuer machen«, sagt er.

Der Nachmittag ist weit fortgeschritten. Irgendwann müssen sie aufbrechen, irgendwann. In Julis Magen zieht es sich zusammen. Aber vielleicht ist das nur Hunger.

Auf einer der Feuerstellen liegt ein Bündel Zweige. Jonte gräbt in seinem Rucksack herum. »Ich hab auch das da mit«, sagt er schließlich.

›Das da‹ ist ein alter schwarzer Topf.

›Das da‹ sind zwei Dosen gebackene Bohnen mit Tomatensoße.

»Cool«, flüstert Juli. »Hast du zufällig auch einen Dosenöffner mit?«

Das ist der Moment, in dem Jonte anfängt, seinen Rucksack komplett auszuräumen.

»Was ist das?«, fragt Juli und zupft an einem der zahlreichen Gegenstände, die Jonte zutage fördert.

Jonte sieht kurz hoch. »Ein Schlafsack«, brummt er.

»Wozu hast du einen Schlafsack mit?«

»Da ist er!« Jonte wirft einen kleinen Metallgegenstand ins spärliche Gras und ein orangefarbenes Feuerzeug hinterher.

»Wie funktioniert das denn?«, fragt Juli misstrauisch und hebt das kleine silberne Ding hoch.

Jonte zuckt die Achseln. »Erst mal machen wir Feuer.«

Es knistert und knackt. Es ist so gemütlich. Besonders, wenn man den Bauch voll warmer Bohnen und Apfelsaft hat. Ja, auch der Apfelsaft ist warm, sommersonnenwarm.

Per prokelt mit einem Stock in dem kleinen Feuer herum, Juli schaut auf den See hinaus. Eine von diesen schwarzen Enten taucht kopfüber hinab. Weit entfernt, am anderen Ufer, treiben ein paar Schwäne friedlich über das Wasser. Soweit Juli sehen kann, haben sie für den Abend schon die Köpfe unter die Flügel gesteckt. Sie haben so viele Wasserküken gesehen heute, Entenküken und ... andere Küken.

Bald wird es dunkel werden.

Marthe wird auf Juli warten.

»Wieso hast du eigentlich einen Schlafsack dabei?«

Jonte sieht sie an, durch die flimmernde Luft über dem Feuer. »Für alle Fälle.« Er senkt den Kopf. »Ich hab auch ein Zelt mit. Hinten im Boot. Von meinem Opa ...«

In Julis Bauch kribbelt es so sehr, dass sich das Kribbeln in die Arme ausbreitet und bis in die Füße zieht.

Keiner sagt etwas. Aber eine Frage schwebt über dem Feuer, über dem See, in der schon feuchten Abendluft.

Dann schaut Jonte wieder Juli an. »Wir müssten jetzt echt abhauen«, sagt er.

Juli nickt.

Sie denkt an den Paddock. Und die Pferdeäpfel. Das Kribbeln wird immer stärker, wie tausend winzige Blasen, die vom Grund des Sees aufsteigen.

»Ist es schwer, das Zelt aufzubauen?«, fragt sie.

Jonte grinst sie an. »Gib mir mal dein Handy, Per.« Und nach einem Blick auf das kleine Display: »Ops hat dich schon dreimal angerufen. Und fünf SMSe geschickt!« Er tippt etwas ein.

»Was hast du ihm geschrieben?«, fragt Per und rückt ganz nahe an Jonte heran.

Jonte stupst ihn an. »Dass wir heute im Zelt übernachten und dass er sich keine Sorgen machen soll und dass er Marthe Januszewski Bescheid sagen soll.«

Juli krümmt ihre Zehen und hält die Luft an. »Cool«, flüstert sie.

Per starrt seinen Bruder an. »Jonte«, sagt er, »nachts kommen doch die Geister!«

Jonte zieht die Augenbrauen hoch. »Das ist ewig her, Per.«

»Aber ... sie können aber wiederkommen«, protestiert Per.

»Es gibt keine Geister!«, erinnert Jonte seinen Bruder.

»Hat dein Opa etwas zurückgeschrieben?«, fragt Juli.

»Nur ›Viel Spaß‹. Und dass er Marthe Bescheid sagt. Und dass wir aufpassen sollen. Und dass sein Zwieback alle ist und seine gebackenen Bohnen auch, und ob wir etwas damit zu tun haben und dass wir zum Mittagessen wieder da sein sollen.«

»Hast du ihm geschrieben, dass wir auf der Geisterinsel sind?«, piepst Per.

Jonte lächelt. »Nö.«

Eine heiße Welle durchläuft Juli. »Dann weiß keiner, wo wir sind?«

Jonte schüttelt ganz langsam den Kopf.

AUSSEN. EINE TANKSTELLE - DIESE EINE SOMMERNACHT

Ein ziemlich zerbeulter weißer Lada hält kurz vor der Tankstelle. Der FAHRER steigt nicht aus. Jetzt kurbelt er die Scheibe herunter und steckt sich eine Zigarette an. Die Tanke ist hell erleuchtet. Aber es ist weit und breit niemand zu sehen. Nur ein alter Mann steht hinter dem Tresen und liest irgendetwas. Der Fahrer im Auto schnipst seine Kippe aus dem Fenster und steigt aus. Er ist ziemlich groß. Er tritt die Glut aus und hebt die Kippe auf.

Schließlich angelt er eine rote Basecap aus dem Lada und setzt sie auf, erst richtig herum, dann gibt er der Cap einen Schubs, damit sie sich herumdreht.

Jetzt bewegt er sich langsam auf die Tanke zu. Ganz langsam.

SECHS. Die Geister

Wie sich herausstellt, hat Jonte allerdings keine Seife dabei. Und: auch keine Zahnpasta.

»Man kann kleine Stöckchen nehmen. Das machen die Indianer so«, teilt Per sein Wissen.

Man kann.

Man muss nur aufpassen, dass keine Rinde zwischen den Zähnen stecken bleibt. Danach muss Juli Per unbedingt zeigen, wie man auf einem Grashalm bläst. Und das bedeutet, dass sich die Menschen, die irgendwo in der Nähe dieses Gewässers leben, wahrscheinlich den halben Abend lang wundern, warum auf der Geisterinsel ein paar erkältete Nilpferde eingezogen sind.

Juli wusste bisher nicht, dass ein See atmen kann. Wenn es dämmert, wenn niemand mehr seine Oberfläche knittert, dann sieht man, wie der See atmet. Juli könnte stundenlang zuschauen.

Per will in das Zelt schlüpfen, aber Jonte hält ihn am Handgelenk fest. »Geh noch mal hinter den Busch«, flüstert er.

Per schüttelt heftig den Kopf.

»Aber nicht … du weißt schon«, sagt Jonte und wirft Per einen langen Blick zu.

»Nö.«

»Wirklich nicht!«, sagt Jonte fast drohend. »Wir haben nur einen Schlafsack!«

»Bestimmt nicht«, lispelt Per.

»Willst du mithören?«, fragt Jonte später im Zelt und reicht ihr einen Ohrstöpsel über Per hinweg zu.

Sie liegt auf dem Rücken, der Schlafsack ist tatsächlich, aufgeklappt, breit genug für alle, wenn auch knapp. Die Nacht ist hell, es ist eine Sommernacht. Das kann man selbst durch das Zeltdach hindurch erkennen.

»Hmm.«

»Weil: Per schnarcht nämlich manchmal nachts.«

»Okay«, sagt Juli und steckt sich den Stöpsel ins rechte Ohr.

Es ist ganz still, nur Gitarre, nur ein Sänger.

Sie kennt es nicht.

»Was ist das?«

»*Blind Pilot.* Sei leise, du weckst Per auf.«

Als Juli aufwacht, hört sie eine Mücke sirren. Sie starrt an die Zeltdecke, die etwas heller ist als das Innere. Keine Mücke zu sehen, sie sirrt im Schatten. Durch das Netz vor dem Zelteingang kann Juli ein Stückchen Himmel erkennen und das allererste Zwielicht des frühen Morgens. Sie pflückt sich den Ohrstöpsel aus dem Ohr. Jetzt ist die Mücke deutlich lauter. Ansonsten ist es still.

Niemand schnarcht.

Niemand atmet.

Juli sieht sich um. Sie ist allein. Das Zelt ist verlassen. Bis auf die Mücke.

Juli setzt sich auf. Sind die beiden Jungen etwa gleichzeitig pinkeln gegangen? Sie lauscht in die Nacht hinein.

Der See gluckst, ein Nachtvogel piepst, irgendwo quakt ein einzelner Frosch.

Juli setzt sich auf, sie schiebt den Schlafsack beiseite. Die Isomatte hat dicht gehalten, hurra. Die Luft ist auf eine sanfte Art kühl und lebendig. Ob sie mal nach den Jungs guckt?

Vor dem Zelt stehen nur noch ihre Chucks herum, Jontes Flip-Flops und Pers Turnschuhe sind verschwunden. Sie schlüpft in die Chucks, ohne sie zuzubinden, und zieht den Reißverschluss des Zeltes hinter sich zu. Dann kann die Mücke zwar nicht heraus, aber ihre Kumpels können auch nicht hinein. Arme, einsame Mücke.

Erst jetzt fängt ihr Herz an, schneller zu klopfen. Die Insel ist zwar nicht groß, aber durch das ganze Gestrüpp ziemlich undurchsichtig. Eigentlich müsste sie die Jungen doch wenigstens hören, oder? Vielleicht holen die ja irgendwas aus dem Boot.

Auf dem Trampelpfad kratzen Dornen an Julis nackten Beinen. Sie stolpert zwei Mal über unsichtbare Wurzeln. Dann ist sie am Ufer.

Und das Faltboot … ist verschwunden.

Weg.

Juli tastet nach dem dünnen Baumstamm, an den Jonte es angebunden hatte. Die Rinde ist etwas glatter, dort, wo er die Festmacherleine herumgeschlungen hat. Kein Boot weit und breit. Auch auf dem Wasser treibt nichts herum. Das gegenüberliegende Ufer und die Bäume darauf sind nur eine dunkle Silhouette.

Julis Handflächen werden feucht. Wo sind sie? Einfach abgehauen, ohne sie? Ihr Herz schlägt schmerzhaft. Sie kennt die Jungs doch gar nicht – erst einen einzigen Tag. Aber Per … Nein, das wäre zu fies, das würde nicht einmal Jonte tun.

Oder?

Sind sie vielleicht beim Pinkeln gekidnappt worden? War … und jetzt wird Juli richtig heiß … Moment, der Geist, von dem Per gesprochen hat … war das vielleicht ein echter Mensch? Jemand Unheimliches? Ein Verbrecher, den sie früher mal beobachtet haben?

Ihr Herz rast. Wie soll sie die Jungen retten? Sie hat ja noch nicht einmal ein Boot! Sie weiß doch nicht einmal, wohin der Typ mit ihnen gefahren ist!

Das Handy! Ob das Handy noch im Zelt ist? Sie läuft zurück, sie stolpert über dieselben Wurzeln wie vorhin.

»Per! Jonte!«

Juli erschrickt vor ihrer eigenen Stimme. So laut, wie sie gebrüllt hat, müsste die ganze Welt sie gehört haben. Minimum aber Marthe.

Da … o nein! Juli bleibt stehen, starr. Sie hört beinahe nichts mehr, so sehr rauscht das Blut in ihren Ohren.

Da steht jemand!

Er schimmert geisterblass in der ersten Dämmerung. Ein helles Oberteil. Dunkle Jeans. Juli sieht seine Basecap von hinten, also schaut er wohl auf den See hinaus. Wie hat er sich nur angeschlichen?

Wartet er auf sie? Will er sie auch entführen …?

»Mama«, haucht Juli leiser als der sanfte Luftzug, der jetzt zwischen den Bäumen wispert, der erste Atem des Morgens.

Still steht Juli. Still wie die Bäume. Ein Schweißtropfen arbeitet sich ihre Schläfe herab.

Still steht auch der Fremde.

Jetzt frischt der Wind auf, er pustet über den See, das helle Oberteil des Verbrechers weht zur Seite.

Dahinter ist ... nichts. Nur ein Blick auf das Wasser.

Juli zieht die Augenbrauen zusammen. Also: Entweder der Verbrecher ist durchsichtig oder ...

Ein weiterer Windstoß lässt das Oberteil wieder zur Seite flattern, ein paar dünne Zweige bewegen sich und die Basecap segelt herab. Kein Kopf.

Sehr, sehr witzig.

»Mann!«, schreit Juli und stampft mit dem Fuß auf. »Wo seid ihr?«

Erst passiert gar nichts, aber dann brechen zwei kichernde Jungen gleichzeitig aus dem Gebüsch. Per lacht so laut, dass er sich auf dem Boden rollen muss.

Als Juli heranrast, sieht sie das Grinsen auf Jontes Gesicht. Wenn er weiter so grinst, wird gleich der obere Teil seines Kopfes nach hinten klappen, weil seine Kopfteile nur noch an den Mundwinkeln zusammenhalten.

»Mutprobe«, informiert er sie freundlich. Wäre er nicht größer und wahrscheinlich leider auch stärker als sie, würde Juli ihn jetzt in dem dunklen See versenken.

»Mann, es gibt keine Geister!« Jonte lacht. »Oder, Per? Und auch keine Trolle oder Orks. Oder Wilddruden.«

Per hat aufgehört, auf dem Boden herumzurollen, möglicherweise liegen dort auch ein paar Wurzeln. Das gibt blaue Flecke.

»Hast du Angst gehabt?«, erkundigt er sich.

»Nö. Aber danke der Nachfrage.«

»Das klang aber schon so«, sagt Jonte. »Per! Jonte!«, macht er sie nach, wenn auch etwas leiser als Juli vorhin.

Juli zieht das hellgraue Sweatshirt vom Ast.

»Ghost Busters«, liest sie vor. »Nee, ist klar.«

Und dann streift sie sich das Sweatshirt einfach über den Kopf. Es ist nämlich echt kühl hier draußen. Ha!

»Äh ...«, fängt Jonte an.

»Wieso? Wer ist denn hier der Ghost Buster?«, fragt Juli zurück und zuppelt das Sweatshirt zurecht. Sie dreht sich einmal auf der Ferse um sich selbst. »Und? Sehe ich schick aus?«, fragt sie Per.

Per nickt. Und kichert.

Jonte ... weniger. »Gib mir mal lieber die Jeans und die Basecap, Per«, murrt er. »Damit sie die nicht auch noch klaut.«

Im Zelt stützt er sich jedoch auf seinen Unterarm und sieht zu Juli herüber. »Du hast echt Angst gehabt, oder?«

»Null«, teilt Juli ihm kühl mit. »Ich hab nur so getan. Und um das ganz klar zu sagen: Sollte irgendein Irrer unterwegs auf die Idee kommen, euch zu kidnappen, kann er sich an mich wenden. Ich gebe ihm gerne ein paar Tipps, wie er das am praktischsten macht.«

Aber dann muss sie leider kichern. Sie muss so lachen, dass das Zelt wackelt.

Sie schlafen erst wieder ein, als die Vögel schon anfangen zu singen.

Natürlich passiert genau das, wovor Jonte gewarnt hat; als Juli aufwacht, riecht es komisch.

»Per!«, sagt Jonte.

Also: Schlafsack aus dem Zelt. Im Seewasser ausspülen, in den Baum hängen.

Nebelstreifen treiben über das Wasser, sie sitzen am Ufer und trinken den Rest Eistee und essen Butterkekse. Juli wickelt sich Jontes Sweatshirt um die Beine.

»Und jetzt?«, fragt sie. »Fahren wir schon zurück?«

Jonte sagt gar nichts, er tut nur so, als ob sein Keks eine Zigarette wäre.

Per sagt auch nichts. Wenn man so ungefähr sechs Jahre alt ist und das Taschenmesser seines großen Bruders in der Hand halten und damit schnitzen darf, ist das auch kein Wunder.

»Wir könnten ja noch ein bisschen rumpaddeln, oder?«

Bestimmt kann Marthe sehr, sehr laut werden ... Aber im Moment ist es einfach noch zu zauberisch auf dem Wasser. Man muss warten, bis der Tag richtig aufgewacht ist. Juli schließt die Augen und spürt jemanden, den sie beinahe vergessen hatte, ganz in ihrer Nähe. Aber jetzt, wo der Tag die Nacht vertrieben hat, ist der Anzug der Lichtblauen dunkel und ihre Haare erloschen.

»Uäh«, sagt Jonte später, als die Sonne schon wieder brennt und sie das Zelt verstaut haben. »Der Schlafsack ist noch total nass.«

»Wir können ja nachher eine Pause machen und ihn dann noch mal aufhängen«, schlägt Juli vor.

Bestimmt kann Marthe *sehr* laut werden ...

Die Nachherpause kommt ziemlich schnell. Erstens: weil Jonte irgendwie im Kreis lenkt, er hat nämlich keinen Plan, wo er hinpaddeln will; zweitens: weil Juli Lust hat zu schwimmen, und drittens: weil Per Hunger hat. Per hat immer Hunger.

Und da liegt dieser winzige Strand in der Sonne. Mit einer Erle, die ihre Äste weit über das Wasser reckt. Man kann dort eine Isomatte ausrollen, wenn man Angst vor Ameisen hat, und man kann feststellen, dass Jonte noch Tütentomatensuppe in seinem Rucksack hat.

Aber kein Wasser mehr. Nur Eistee.

Man kann beschließen, dass Tomatensuppe mit Eistee nicht schmeckt, obwohl Per es gerne probieren will. Man kann darum streiten, ob man Seewasser nehmen kann.

»Das Seewasser ist sauber, hat Ops gesagt. Außerdem kochen wir es doch ab!«, sagt Jonte.

»Und wenn dann winzige Fischchen darin rumschwimmen? Ich bin Vegetarierin, schon vergessen?«

»Darfst du eigentlich Bakterien essen?«, fragt Jonte.

Man kann also Seewasser nehmen.

Man kann dem Schlafsack zuschauen, wie er da in einem sanften Sommerwind von einem Ast herunterwinkt und gefälligst trocknet, weil Jontes Ops vielleicht nicht so entzückt über einen nassen, schimmelig stinkenden Schlafsack ist.

Man kann schwimmen, lachen, sich streiten, zu faul sein, um die Isomatte wieder zusammenzurollen und weiterzupaddeln, sich in der Sonne aufwärmen und man kann sich auch mit Schlamm beschmeißen …

Plötzlich steht Per im Wasser: »Ich will nicht mehr beleidigt sein, musst du denn so gemein sein? Du denkst wohl, ich bin ein Schwein!? Ich kann nicht so ein Stein sein! Lass mich doch in dein Herz rein! Ich will nicht so allein sein.«

Er wackelt mit den Hüften, und Juli saugt ihre Wangen nach innen, um nicht laut loszuprusten.

»Das ist von Jonte«, sagt Per, als er fertig ist.

Jonte verdreht die Augen. Und dann klettert er wie ein Eichhörnchen auf die Erle.

Er robbt einen Ast entlang, der ziemlich weit über das Wasser ragt. Das Wasser glitzert zu ihm hinauf, sodass Lichtpunkte auf seiner Brust und in seinem Gesicht spielen.

»Los, komm rauf!«, schreit er mit seiner heiseren Stimme.

Juli zuckt mit den Schultern. Ph. Sie kann richtig gut klettern, und wenn er das unbedingt sehen will, bitte schön. Bloß ... nicht ... zu ... hoch. Juli hasst Höhen. Das hier geht gerade noch.

Allerdings hat sie nicht damit gerechnet, was jetzt passiert. Denn kaum hat sie Jontes Ast erreicht, wendet er sich ihr mit einem breiten Grinsen zu. Und kippt einfach rückwärts hinunter.

Juli krallt sich an den Baumstamm und schließt die Augen. Hat sie geschrien oder war das Per?

»Mutprobe!«, ruft Jonte, als er wieder auftaucht.

Sie öffnet die Augen, sie knirscht mit den Zähnen direkt in sein freches Grinsen hinein. Der hat sie doch nicht mehr alle! Muss ein ziemlich blödes Gefühl sein, wenn man so bescheuert ist. Hier ist er wieder und spuckt eine Fontäne wie ein Wal.

»Los, komm! Das Wasser ist tief genug!«

»Du spinnst!«, schreit Juli zu ihm hinunter. »Denn das hier ist eindeutig zu hoch«, flüstert sie dem Baumstamm zu.

Er grinst immer noch. Er legt sich auf den Rücken und lässt sich treiben. Wenn er bloß nicht die ganze Zeit zu Juli hinaufstarren würde!

Julis Finger tun weh. Unter den Fingernägeln hat sie Rinde.

»Los, spring!«, ruft Jonte zu ihr hinauf. »Sonst kriegst du keine Schokolade!«

So ein …!

Es ist schön unter Wasser, schön und grün und still und schwebend. Jontes Beine strampeln über ihr. Wie lustig, dass die Wasseroberfläche von unten fast so aussieht wie von oben … Es wäre schön, ein Fisch zu sein, so schön … für eine Weile …

»Vlollpflosten!«

»He, spuck mich nicht an!«

»Und wo ist die Schokolade?«

»Hab ich was von Schokolade gesagt? Vergiss es!«

Halbschatten, flirrende Blätter, Tropfen trocknen kitzelnd auf den Beinen. Jonte hat seine Isomatte neben Juli ausgebreitet und manchmal berühren sich aus Versehen ihre Füße. Bloß Per kann nicht stillhalten. Ständig fällt ihm etwas ein. Aber wenn er einmal ruhig ist, dann hört man, wie es summt und schwappt. Und irgendetwas trappelt im Wald.

»Was ist das für ein Geräusch?«, fragt Juli.

Per lauscht. »Hufe«, sagt er dann zufrieden.

»Hä?«, macht Juli. »Was denn für Hufe?«

Per lauscht wieder. »Islandponyhufe«, sagt er dann noch zufriedener. »Das ist Tölt.«

»Echt? Gibt es hier auch Islandpferde?«, fragt Juli träge.

Jonte aber springt auf. »Und wenn das jetzt Marthe Januszewski ist?«

»Marthe?«, fragt Juli überrascht.

»Das ist ... Nonni!«, ruft Per entzückt.

Und dann passiert alles ganz schnell.

Man kann enorm schnell seine Sachen packen. Man kann enorm schnell in ein Faltboot steigen, auch wenn man am Vortag beim selben Versuch fast gekentert wäre. Und Jonte kann enorm schnell einen Knoten von einer Wurzel lösen. Bloß ... der verflixte Schlafsack. Der hängt da noch und winkt Marthe zu. Im letzten Moment holt Juli ihn vom Ast. Im letzten Moment hechtet sie ins Boot und sie stoßen ab.

Sie treiben erst zwei Meter vom Ufer entfernt, und Juli versucht immer noch, ihren linken Fuß im Boot zu verstauen, als Marthe mit einem Gesicht, das etwa so rot ist wie ihre Haare, entdeckt, dass die Kinder ihr entwischt sind.

Das Pferd passt farblich vorzüglich zu ihren Haaren, findet Juli. Kurz: Am Ufer steht ein flammend rotes Ensemble aus Pferd und Mensch.

»Können Pferde nicht schwimmen?«, haucht Juli.

»Do-hoch«, sagt Per glücklich. »Aber das ist Nonni. Und der ist wasserscheu.«

Das Pferd am Ufer bäumt sich auf.

»Juli! Ich krieg euch!«, ruft die flammend rote Frau, und sie schüttelt ihre Faust in Richtung des Sees.

Wie lustig! Es ist so ähnlich wie in dem uralten Film, Papas und ihrem Lieblingsfilm – sie haben ihn so oft angesehen, wenn Papa ihr von seiner Kindheit erzählt hat. Papa ... Der

Atem brennt in Julis Kehle und sie muss ein, zwei Mal tief Luft holen.

Da steht Marthe am Ufer und sie wird immer kleiner, sie bleibt zurück wie der Opa in *Flussfahrt mit Huhn* an der Anlegestelle. »Das denkst du vielleicht, dass du uns kriegst!«, ruft Juli.

Sie wedelt Marthe mit der linken Hand zu. Dann packt sie ihr Paddel. Jontes und ihres treffen sich nur noch ganz gelegentlich, und deshalb fliegt ihr Boot über den See dahin, dass es eine Freude ist. Und zwar fliegt es ziemlich genau in die Richtung, aus der sie gekommen sind, Richtung Geisterinsel. Jonte scheint immer noch nicht zu wissen, wo er eigentlich hinwill.

Als kein rotes Pferd und keine rote Reiterin mehr zu sehen sind, lassen Jonte und Juli die Paddel ruhen. Juli dreht sich um. Und schaut genau in Pers große braune Augen.

»Sind wir jetzt auf der Flucht?«, fragt er.

»Hihi. Irgendwie schon«, sagt Juli.

Eigentlich war es bis gerade eben noch ein Ausflug.

Jonte lässt seine Hand ins Wasser hängen. Kleine Wellen laufen vom Boot und seiner Hand fort ans Ufer. »Wir könnten zum Beispiel ans Meer«, schlägt er vor.

Eine riesige, heiße Welle steigt in Juli auf. Ans Meer! Wahnsinn! Ohne Erwachsene!

»Klar. Wir müssen ja die Nord-Ost-Passage finden«, sagt sie.

»Was für 'ne Passage?«

»Egal. Ein Film, den ich mal gesehen habe.«

Das Huhn fehlt noch. Um sie vor den Klabautermännern zu beschützen, denkt Juli. Aber vielleicht finden sie ja noch etwas anderes. Hühnerartiges. Möglichst nicht ganz so Lebendiges.

»Das ist hier doch wie ein Fluss, nicht? Hast du doch gesagt, Jonte. Und alle Bäche und Flüsse fließen ins Meer. Das hab ich auch aus einem Film. Nämlich aus *Nemo*«, sagt Per stolz.

»Genau, Per«, sagt Jonte.

»Hurra!«, ruft Juli und reißt ihre Arme hoch. »Hurra, wir fahren ans Meer!«

Und dann muss sie erst mal ihr Paddel wieder einsammeln.

AUSSEN. WALD - DIESE EINE SOMMERNACHT

Das MÄDCHEN rennt und summt. Zwischendurch kriegt es nicht mehr genügend Luft und muss keuchen. Aus dem Off.

MÄDCHEN

Ans Meer, wir wollten ans Meer … Ich war so lange nicht mehr am Meer …

AUSSEN. EIN STRAND. WELLEN. GRAUER HIMMEL - SECHS JAHRE ZUVOR

Ein MANN, eine FRAU und ein etwa siebenjähriges MÄDCHEN gehen einen Strand entlang. Der Wind wirbelt Sand auf. Auf dem Strand liegen tote Quallen. Das Mädchen macht sich von der Hand der Frau los. Es hebt eine Qualle auf. Lachend rennt es damit dem Mann hinterher, der ebenso lachend davonrennt. Schließlich wirft es die Qualle in seine Richtung. Kurz sieht man sein entsetztes Gesicht. Dann weicht er aus, die Qualle landet im Sand. Das Mädchen lacht so, dass es husten muss.

MÄDCHEN

Hast du Angst gehabt, Papa?

MANN

Toll, du kannst richtig gut werfen, Juli!

SIEBEN.
Die Trauerweide

»Sankt Martin, Sankt Martin, Sankt Martin ritt durch Pommes und Salat, sein Ross, das steht am Cola-Automat. Sankt Martin wirft ’ne Münze ein und trinkt die Cola wie. Ein. Schwein«, singt Per aus voller Kehle.

»Mann, Per, sing nicht so laut!«, faucht Juli. »Nachher findet Marthe uns wieder!«

»Ich weiß einen Ort, wo sie uns nie findet«, sagt Jonte triumphierend.

»Okay?«

Die Geisterinsel ohne Geister schwimmt vorüber. Per winkt ihr zum Abschied zu. Man hört nur ein paar Wasservögel piepsen, ein paar Bäume am Ufer leise rauschen und das Plosch, Plosch, Plosch der Paddel.

Der See wird schmaler. Juli beobachtet das Ufer scharf. Ob drüben irgendwo wieder ein rotes Pferd auftaucht? Aber dort verläuft kein Weg. Stattdessen wird der Wald dichter. Auch das eine oder andere Haus mit einem Steg oder einem Schwimmponton taucht auf, und einmal fahren sie an einer Insel vorbei, auf der eine Frau in einem Bikini liegt und sich sonnt. Neben ihr schläft eine Ente.

»Auf das Huhn kann ich echt verzichten«, sagt Juli versonnen in die Sommerluft hinein.

»Ich dachte, du bist Vegetarierin?«, wundert sich Jonte.

Juli dreht sich um und sieht ihn an. Dann erst begreift sie, was Jonte gesagt hat.

»Ich wollte es ja nicht essen«, sagt sie.

Sie schlüpfen durch einen kleinen Kanal, der in den nächsten See mündet. Immer noch ist kein Pferd aufgetaucht.

»Ich glaube, wir haben sie abgeschüttelt«, sagt Jonte.

Juli fühlt mit jedem Meter auf dem Wasser ihre Muskeln wachsen. Es knistert richtig in ihren Armen. Der See hier ist dunkel, das Wasser mooriger. Am Rande wachsen Hügel voller Nadelbäume, die Weiden sind verschwunden, die Ufer verschilft. Es ist still und geheim und ein wenig unheimlich hier.

»Irgendwo muss es aber sein«, hört Juli Jonte murmeln. Und dann raschelt es hinter ihr.

Juli dreht sich um. Es ist echt anstrengend, immer nach hinten schauen zu müssen. Bestimmt wachsen ihr gerade Nackenmuskeln wie bei einem Elefanten. Sie wird am Ende der Ferien sehr komisch aussehen mit all diesen Muskeln, wenn das so weitergeht! Jonte hält eine Karte in der Hand.

»Wo hast du die denn plötzlich her?«

»Mitgenommen. Von Ops«, sagt Jonte knapp. »Für Notfälle.« Er nimmt das Paddel wieder auf. »Dahinten muss es sein«, sagt er und steuert das Boot direkt in die dunkelste Ecke des kleinen Sees.

Dahinten ist Schilf. Und Ufer. Viel Ufer.

Wirklich eine ganze Menge Ufer.

»Und ein Paddelbach«, sagt Jonte. »Das steht auf dieser Karte. Das ist eine Karte extra für Paddler.«

Es ist aber kein Bach da. Sie pirschen am Ufer entlang, um

ihn ja nicht zu verpassen. Kein Bach. Nur Schlamm und eine Falte im Boden und ein Rinnsal, das irgendwie in dieser Falte verschwindet.

»Vielleicht ist der Bach tot?«, schlägt Per vor. »Jonte, ich hab Hunger. Und was machst du *jetzt*?«

Jonte steigt aus dem Boot und watet ans Ufer, das macht er.

»Da muss ein Bach sein«, beharrt er. »Und außerdem müssen wir da durch.« Er zeigt auf den dichten und auch irgendwie geheimen Wald. »Sonst kommen wir nicht ans Meer«, fügt er drohend hinzu.

Die Schatten der Bäume fallen lang auf das Wasser.

Seufzend steigt Juli aus. Nur um gleich im Schlamm zu versinken. »Vielleicht fängt der Paddelbach ja ein Stück weiter dahinten an«, schlägt sie vor. Sie hebt Per ins flache Wasser, dort, wo der Boden hell ist und sandig. »Komm, Per, wir gehen den Bach suchen.«

»He, wartet mal!«, ruft Jonte. »Wir können das Boot gleich mitnehmen. Der Bach fängt auf jeden Fall dahinten an.«

Der Wald ist dunkel und voller Gestrüpp und er riecht nach Harz und Nadeln. Die Bäume neben dem Rinnsal stehen so dicht, dass man kaum zwei Meter weit sehen kann. Das Faltboot aber ist schwer, so unglaublich schwer, dass sie es alle paar Meter absetzen müssen. Juli keucht. Per schleppt das Zelt. Meistens allerdings zieht er es hinter sich her.

Wo ist bloß dieser Paddelbach?

Irgendwo, von weit her, ruft ein Kuckuck; er ruft ihre Lebensjahre. Juli will nicht mitzählen, sie will es nicht. Und sie tut es trotzdem: eins, zwei, drei ... Der Rucksack auf ihrem Rücken fühlt sich mit jedem Meter schwerer an. Die Sonne funkelt tief zwischen den Zweigen. Es wird nicht mehr allzu lange dauern, bis es dämmrig wird. Der Schlamm reibt zwischen Julis Chucks und ihrer Haut.

Noch jemand anderes ist an diesem Abend unterwegs. Oder genauer gesagt: zwei.

Eine rothaarige FRAU führt ein rotbraunes Pferd am Ufer eines ziemlich schattigen Sees entlang.

DIE FRAU

(murmelt)

Die können doch nicht einfach verschwunden sein! Sie sind auf jeden Fall auf diesen See eingebogen …

Sie schüttelt den Kopf. Sie schaut nach oben. Aber am Himmel ist auch kein Paddelboot zu sehen. Die Frau wirft ihrem Pferd einen langen Blick zu. Vielleicht frisst es ja manchmal Faltboote.

DAS PFERD

(frisst Gras)

Schnaub!

DIE FRAU

Das gibt es doch nicht!

(kramt in der Satteltasche herum, während das Pferd frisst, setzt sich dann

auf einen umgestürzten, total vermoosten Baumstamm und tippt eine Nummer in ihr Handy)
Was soll ich bloß meiner Schwester sagen?

DER SEE
Glucker.

DIE FRAU
(spricht ins Handy)
Paul? Sie sind nicht hier. Ich verstehe das nicht. Was meinst du, sollen wir nicht doch die Polizei einschalten? ... Erst einmal nicht? Überleg doch mal, was alles passieren kann ... Das glaub ich, dass Jonte paddeln kann ... Notfalls ernähren sie sich von Fischen? Hast du vergessen, dass Juli Vegetarierin ist? ... Nein, sie kann **nicht** grasen, das funktioniert als Mensch nicht. Hör mal, Jonte hat dir doch Sorgen gemacht in letzter Zeit, hast du das nicht gesagt? Vielleicht wäre es doch besser, die Polizei ...
(seufzt so tief, dass sogar das Pferd aufhört zu grasen)
Na gut, wir warten noch ein wenig. Aber nicht mehr lang, das sage ich dir!

Nicht weit entfernt, gar nicht weit entfernt sieht Juli sich um. Hinter ihnen ist der Wald wieder zusammengeschlagen. Jontes Karte spinnt doch! Wenn dieser bescheuerte Paddelbach jetzt nicht gleich auftaucht … andererseits … das Boot den ganzen Weg zurücktragen?

»Boah, muss das komisch aussehen«, schnauft sie, um sich abzulenken.

»Was denn?«, keucht Jonte zurück.

»Ich meine, normal ist das nicht: ein Faltboot, das durch den Wald läuft …«

»Kann nicht … mehr weit sein.«

»Ha. Ha. Das sagst du seit einer Stunde«, schnauft Juli.

»Ich … hab … Hunger«, piepst Per.

Und dann taucht die Weide auf.

Plötzlich wird der Wald lichter, die Bäume dünnen aus. Ein sanfter Hügel erhebt sich dort, langes Gras, ein milder Abendhimmel, riesige Wolken segeln darüber. Ihre Schatten jagen über die Wiese. Hoch oben zieht ein Raubvogel seine Kreise.

»Können wir mal 'ne Pause machen?«

Es knistert im dichten Wald. Es tapst. Es raschelt. Juli bleibt stocksteif stehen.

»Jonte, lass mal das Boot absetzen«, flüstert sie.

Und dann flieht sie.

Sie kriecht unter dem untersten Draht des Zauns durch, sie robbt ins Abendlicht, nur fort aus den Schatten unter den Bäumen.

»He, Juli!«, ruft Jonte ihr hinterher.

Aber sie kommt nicht zurück. Sie steht dort im langen Gras und streckt ihre Arme ins letzte Sonnenlicht.

Kurz danach pflügen Per und Jonte ihr entgegen.

Juli setzt sich ins Gras, Abendgras, es rauscht so sanft über ihr. Von hier aus sieht es unter den Bäumen beinahe schwarz aus. Nur das Faltboot leuchtet.

»Können wir nicht hierbleiben?«, fragt Juli. »Das ist doch der perfekte Zeltplatz.«

»Vielleicht sind Kühe auf der Wiese«, sagt Per.

Prompt wird Juli heiß, sie spürt, wie ihre Hände anfangen zu zittern.

»Ach, Quatsch!«, sagt Jonte. »Wie kommst du denn darauf?«

»Wegen der Kuhfladen. Da … und da … und da?«

»Nee, Per, guck mal dahinten, das Gatter ist offen. Da können gar keine Kühe drauf sein, die wären doch längst abgehauen. Außerdem sind die Kuhfladen schon ganz versteinert, so alt sind die.«

»Echt?«, fragt Juli.

Jonte seufzt. »Mann, Juli, du nervst! Kühe sind überhaupt nicht gefährlich. Sollen wir das Zelt da oben aufbauen?«

Die verlassene Weide steigt sanft an, und es ist zuerst gar nicht einfach, eine ebene Stelle zu entdecken. Schließlich finden sie eine, an der die Weide eine Stufe bildet und das Gras besonders üppig und dicht wächst. Juli gräbt zwei Steine aus dem feuchten Grund, und als das Zelt aufgebaut ist und die Isomatten ausgebreitet, wirft Per sich kreischend hinein.

»Komm raus, Per, ich mach erst mal das Bett«, sagt Juli.

Als sie den Schlafsack ausschüttelt, falls eine Spinne hineingekrabbelt sein sollte, fällt keine Spinne heraus.

Sondern ein Känguru.

Juli hebt es auf. Es ist klein, es hatte sicherlich einmal ein

Fell, sein Schwanz war sicherlich einmal festgenäht, jetzt hängt er herunter und ist an einer Stelle ganz speckig.

Juli lächelt. Bestimmt streichelt Per diese Stelle immer mit dem Finger, zum Einschlafen. So wie er es manchmal an seiner Nase tut, wenn niemand hinsieht.

Genau in dem Moment steckt jemand den Kopf zum Eingang hinein. »Was machst du da?«

»Aufräumen«, sagt Juli. »Wie süß ist das denn?«, fragt sie und hält Per das Känguru entgegen.

»Madita«, sagt Per, »wie ...«

»Schon klar, wie das Buch von Astrid Lindgren.« Juli streichelt dem kleinen Känguru mit dem Zeigefinger über den Rücken und lächelt.

Aber Per schüttelt den Kopf. »Nein, wie ...«

»Per, ey, wir sind noch nicht fertig, hilf mir mal, den Rucksack mit dem Essen zu holen!«, hört Juli Jonte rufen.

Und schon ist Per wieder verschwunden.

»Madita«, flüstert Juli und schaut dem kleinen Känguru in die gestickten Augen. In dieser Familie haben wohl alle einen Astrid-Lindgren-Namen, sogar die Kängurus.

Sie schiebt es schnell unter den Schlafsack.

»Jooonntee, ich hab Hunger!«

»Du hast immer Hunger!«, schimpft Jonte.

»Du nicht? Haben wir etwa nix mehr zu essen?«, fragt Juli und fühlt die Panik in sich aufsteigen.

»Doch. Noch ein paar Kekse«, sagt Jonte. »Und Zwieback. Irgendwo. Glaube ich.«

»Da waren Blaubeeren, da im Wald«, sagt Per.

Jonte sieht Juli an. »Es gibt wirklich Blaubeeren«, sagt er.

Juli zieht die Schultern zusammen. »Hat Pers Handy eine Taschenlampe?«, flüstert sie.

Hat es nicht.

Aber wenn man Blaubeeren sammelt, spürt man die Dämmerung mit all ihren wilden Tieren darin nicht so sehr, sie spinnt einen ein, ohne dass man es richtig merkt. Denn wenn man Blaubeeren sammelt, wird man süchtig. Problemlos. Dann merkt man erst, wie dunkel es schon geworden ist, wenn man die Blaubeeren nicht mehr von den Büschen unterscheiden kann.

Ihre T-Shirts bis zum Rand gefüllt, huschen sie zurück, am Faltboot vorbei, wie es da so friedlich und nutzlos am Zaun liegt. Jonte bleibt stehen.

»Wir müssen ihm endlich mal einen Namen geben.«

Juli sieht sich um. Die Dunkelheit hinter ihr mit all ihren Geräuschen wird dichter. Sie tritt von einem Fuß auf den anderen.

»Fluch der Karibik?«, schlägt sie vor.

Jonte starrt sie an. »Fluch der Karibik. Ein total altes Faltboot.«

Juli muss kichern. »Kennst du diese Szene, wo Jack Sparrow in Port Royal ankommt?«

»*Captain* Jack Sparrow!«, sagt Jonte und da prustet auch er los.

Ankunft von Captain Jack Sparrow in Port Royal. Das Boot läuft ein, die Menschen, die ein Handelsschiff beladen, starren. Als Sparrow - äh, Captain Sparrow - das Boot festmacht, ragt nur noch der Mast mit dem Mastkorb aus dem Wasser. Der Rest unterhält sich mit den Fischen ...

Es ist schön, abends nach Hause zu kommen, das fühlt Juli in diesem Moment, als sie über die schon feuchte Wiese rennt. Auch wenn das Zuhause sehr klein ist und innen nach alten Socken riecht. Da keine Laternen oder Häuser in der Nähe sind, ist es nur der Mond, der sein Licht über die Weiden gießt. Und über Julis kleines Zuhause. Sie lauscht in die Finsternis hinaus.

Auf dem Zaun ist Strom, hat Per mit einem Grashalm festgestellt. Strom hält Wildschweine fern. Hoffentlich wissen das die Wildschweine. Und hoffentlich schlafen die anderen nicht vor ihr ein. Juli ist gerade heute so unglaublich wach und sie möchte nicht allein bleiben in ihrer Wachheit.

»Vielleicht war in den Blaubeeren Ecstasy oder so was«, sagt sie.

Jonte antwortet nicht. Stattdessen flüstert er: »Hast du echt Angst vor Tieren? Vor allen?«

»Insekten gehen«, wispert Juli dem Zeltdach zu. »Also außer Wespen und Bienen. Und Hummeln. Keine Ameisen. Und keine Würmer. Und ganz kleine Vögel, manchmal ...«

»Kolibris oder was?«, fragt Jonte ungläubig.

»Spatzen sind okay.«

»Mann, muss das anstrengend sein.«

»Ist es. Danke, ja. Aber ich schätze mal, du zu sein, ist auch ganz schön anstrengend!«, gibt Juli zurück, legt den Kopf schief und plinkert Jonte zu.

Jonte antwortet nicht. Per zwischen ihnen schläft schon. Und er sieht dabei unglaublich süß aus. Juli lächelt. Wo ist eigentlich Madita? Per hält sie jedenfalls nicht im Arm.

Strahlend läuft die Lichtblaue durch den finsteren Wald, zwischen den Bäumen sammeln sich die Schatten. Mit all ihrem Schimmer, mit all ihrem Leuchten wird sie die Schatten nicht mehr lang zurückhalten können. Sie werden stärker, dichter, die Dunkelheit erhebt sich. Sie grollen, kratzen an den Bäumen, zupfen die Rinde ab, sie zupfen, sie rupfen …

Grau liegt das erste Dämmerlicht des Morgens auf dem Zeltdach, Juli schwebt im Zwielicht zwischen Traum und Morgen. Sie hört die anderen atmen. Die Schatten aber, sie rupfen, sie rupfen …

Wie lange es dauert, bis Juli begreift, dass sie nicht mehr mit der Lichtblauen durch den Wald fliegt; dass es nicht mehr die Schatten sind, die an den Bäumen reiben, sondern etwas anderes … Lebendiges … Wirkliches. Jenseits des Zeltes.

Aber als sie es begreift, da gefrieren ihre Glieder. Und dann beginnt das Zittern. Keinen Laut gibt sie von sich, sie zittert schweigend. Es wird sie sonst finden. Sekunden ticken vorüber, Minuten, wie ein eingefrorener Strom wälzt die Zeit sich vorwärts. Die Vögel erwachen. Der Tag schlüpft. Und das Rupfen draußen, das Atmen kommt näher und näher …

INNEN. IM WOHNZIMMER VOM GROSSVATER - DIESE EINE SOMMERNACHT

Ein ALTER MANN steht vor einem Klavier, darauf jede Menge gerahmte Fotos. Er nimmt eines mit mehreren Kindern in die Hand. Er betrachtet es lange. Dann wendet er sich dem Foto eines lächelnden Paares zu, der Mann sieht aus wie er, nur jünger.

ALTER MANN

(leise)

Es wäre dir nicht passiert, Hilde, ich weiß. Als Jonte mich gebeten hat, mit ihm das Faltboot aufzubauen. Als er mich ausgefragt hat nach den Seen, nach Wasserkarten. Ich bin nicht misstrauisch geworden. Ich habe mich gefreut, als er mir so aufmerksam zugehört hat.

(lauscht in sich hinein, dann nickt er)

Du hast viel Vertrauen in Jonte. Du hast ihn gut gekannt. Aber dennoch ... ich weiß nicht ...

(hebt die Schultern und lässt sie wieder sinken)

ACHT. Die Jagd

Juli liegt wie festgenagelt auf dem Bauch. Schließlich gelingt es ihr, eine Hand zu heben.

»Jonte«, haucht sie und stupst ihn an. »Jonte ...!«

Mit einem Ruck setzt Jonte sich auf. »Was ist denn?«

Etwas Kleines fällt neben ihm auf die Isomatte.

Das Känguru??

»Da draußen«, wimmert Juli und zeigt auf den Zelteingang.

Da wacht auch Per auf, er reibt sich die Augen. Und ehe Juli eingreifen kann, krabbelt er nach vorne und zuppelt am Reißverschluss. Er steckt den Kopf durch die Lücke.

»Kühe!«, ruft er andächtig. »Mindestens hundert Millionen!«

»Pf. Dann hatte Per doch Recht«, sagt Jonte und streckt sich. »Mann, Juli. Kühe fressen keine Menschen!«

»Aber sie trampeln sie tot, wenn sie Lust dazu haben«, wimmert Juli.

Dann mischt sich ein weiteres Geräusch in das Rupfen. Schritte? Näher kommende Schritte?

»Da ist ein Mann«, informiert Per das Zeltinnere.

Juli sieht, wie er den Arm hinausstreckt und winkt. Seltsamerweise nimmt ihre Angst nicht zu, vielleicht ist das aber auch gar nicht mehr möglich. Jonte zieht die Beine an den Körper und seine Augenbrauen zusammen.

Der fremde Mann hält vor dem Zelt an und fragt Per etwas, das kein Mensch versteht. Bloß Per vielleicht. Denn im Zeltinnern erscheint eine Flasche mit einer weißen Flüssigkeit. Und ein Stück grau behaarter Arm.

»Mögts a bissl a Muich?«, fragt eine freundliche Stimme von draußen.

»Wie redet der denn?«, flüstert Juli.

»Bayrisch«, wispert Jonte zurück.

»Wieso redet der hier denn Bayrisch?«

»Keine Ahnung. Weil er aus Bayern kommt?«

»Ist das nicht ganz schön weit weg?«, wundert sich Juli.

»Doch. Na und? Vielleicht hatte er ja keine Lust mehr auf Bayern.«

»Mögts a bissl a Brot?« Die Hand erscheint ein weiteres Mal in der Zeltöffnung. »I pass derwei auf, dass die Viecher net am Zelt fieseln.«

»Fieseln?«, flüstert Juli.

Jonte zieht die Schultern hoch. Keine Ahnung.

»Vielleicht knabbern?«, murmelt Juli und probiert einen Schluck Milch.

Die Milch schmeckt noch warm und nach Kuh und sie ist bestimmt das Wunderbarste, das Juli seit Langem getrunken hat. Und irgendwie gibt sie Juli Mut, schließlich kommt sie ja direkt von den Tieren dort draußen. Sie reicht Jonte die Flasche weiter und kriecht zum Zelteingang.

Ungefähr eintausendfünfhundert schwarz-weiße Kühe stehen im Kreis um das kleine grüne Zelt herum und glotzen sie an. Eine von ihnen muht tief und streckt ihr feuchtes Maul in Julis Richtung. Ein gebeugter alter Mann steht neben der Kuh und hat seine rechte Hand auf ihren Rücken gelegt. Er sieht freundlich und ziemlich zerknittert aus.

Juli verschwindet wieder im Zeltinneren. Per trinkt Milch, Jonte kaut. Er streckt ihr das Brot entgegen, ein Brocken warmes, würzig duftendes Graubrot. Was für ein merkwürdiges Frühstück, denkt Juli. Beobachtet von einer Herde von Kühen und bewacht von einem Mann mit einer seltsamen Sprache.

Sie sieht, wie Jonte das kleine Känguru unauffällig in den Schlafsack schiebt. Es ist also Jontes Schlaftier und nicht Pers. Sie sagt nichts, aber sie muss lächeln. Ganz im Geheimen.

»I hob mi ja scho sehr g'wundert«, sagt der alte Mann lachend.

Jetzt liegt das Boot auf einem Anhänger mit dicken Reifen. Jonte und Juli schieben, der Bauer zieht den Wagen durch den Wald. Er hat so viel Kraft in seinem hageren Körper. Per darf neben dem Boot sitzen und es festhalten. Falls das Boot es sich anders überlegt und lieber im Wald bleiben möchte.

»Normalerweise seh i die Boote immer bloß auf den Seen.«

»Ph«, sagt Juli. »So ein Boot will doch auch mal aus dem Wasser. Ist doch voll langweilig, immer schwimmen und schwimmen.«

Der Bauer lacht glucksend. »Ihr hobts den Kanal g'sucht«, stellt er fest. »Aber den gibt's scho seit zehn Jahren nimmer.« Er trabt so schnell durch den Wald, dass Juli stolpert.

Jonte murmelt etwas. Es klingt wie: »Aber auf der Karte …«

»Wo wollts ihr denn eigentlich hi mit eiem Boot?«

Juli und Jonte sehen sich an. Per knibbelt an einem Mückenstich herum.

»Lass das, Per, das fängt wieder an zu bluten«, flüstert Jonte.

Der Bauer bleibt stehen und sieht sich um. »I verrat's a net weiter.«

Jonte zuckt die Achseln. »Ans Meer natürlich.«

Der alte Mann nickt. »Des hat i a denkt.«

Ein Ruck geht durch den Wagen und Juli fällt beinahe hin, der Alte hat echt Tempo drauf.

»Is nimmer weit«, tröstet der Bauer.

Und das ist es wirklich nicht. Bevor sie es sieht, kann Juli das Wasser riechen. Es riecht sehr gebraucht und das ist es auch: dunkelgrün vor Wasserlinsen und dort, wo keine Linsen wachsen, schillern ölartige Schlieren auf der Oberfläche. Der Rand ist überall schlammig, aber an einer Stelle macht das Ufer eine Stufe. Und dort setzen sie das Boot ins Wasser.

Theoretisch.

Praktisch lassen sie es eher hinunterplumpsen.

Als Jonte hineinklettert, sagt er: »Eigentlich weiß ich es ja, ist ja auch auf der Karte, aber nur so für alle Fälle: Wie geht es denn von hier ans Meer?«

Der Bauer kneift die Augen zusammen. Dann schaut er zum Himmel hinauf. »Wenns ihr aussem Kanal raus seids, da lang«, sagt er schließlich und zeigt nach links.

Jonte nickt. Und dann hebt Juli das Paddel hoch.

»Danke noch mal, voll nett von Ihnen«, sagt sie.

»Wissen eigentlich denn eire Eltern, wos ihr seids?«, fragt der Bauer und reibt sich die Hände an der Hose ab.

Juli überläuft es heiß. Muss er das jetzt fragen? Was sollen sie denn bloß antworten?

»Jaja«, sagt Jonte unbestimmt und winkt dem alten Mann

zu. »Die wissen das. Wie gesagt, danke noch mal! Für die Wurst und die Äpfel und die Milch. Und den Apfelsaft. Und alles.«

»Nix für unguat«, sagt der Bauer und hebt die Hand.

»Du hast die Kekse vergessen«, sagt Juli und wirft Jonte einen vorwurfsvollen Blick zu.

Als sie sich noch einmal umsieht, steht der Alte immer noch am Ufer. Er reibt sich nachdenklich seinen Stoppelbart. Unwillkürlich fängt Juli an, schneller zu paddeln.

Ein Faltboot gleitet über die glitzernde Oberfläche eines ganz neuen Sees. Er liegt in dieser Kette von Seen wieder ein Stück näher am Meer. Der Tag hat Wind ausgebrütet und sie müssen sich stromabwärts kämpfen, gegen den Wind und Millionen kleiner spritzender Wellen, Juli und Jonte.

Julis Haare flattern so sehr, dass sie ihr Stirnband abstreift und in ihren Rucksack stopft. Sie wehen Per ins Gesicht, aber das stört ihn nicht. Er singt. Aus voller Kehle, und zwar ›O Tannenbaum‹.

»Kannst du vielleicht mal ein Sommerlied singen?«, beschwert sich Juli.

»Nein. Weil ich doch ein Lied für die Tannenbäume singe«, beschwert Per sich zurück und zeigt auf den dunklen Wald am Rande des großen Sees. »Kennst du vielleicht ein anderes Lied für Tannenbäume?«

Und da muss Juli zugeben, dass sie auch kein Sommerlied für Tannenbäume kennt.

»Wo wir wohl diesmal übernachten?«

»Vielleicht gibt es hier ja einen Zoo?«, schlägt Jonte vor. »Dann könnten wir zwischen den Tigern übernachten. Wo wir schon die Kuhweide überlebt haben.«

»Ha. Ha. Megawitzig.«

»Los, paddel weiter, sonst übernachten wir doch noch mal bei den Kühen!« Denn das Boot treibt rückwärts, sobald Juli eine Pause macht.

»Boah. Das ist aber ganz schön viel Wind ...«, fängt Per an.

Juli dreht sich zu ihm um. »Das ist die Windsbraut, die heiratet den Sturm«, sagt sie.

Aber Jonte unterbricht sie sofort: »Quatsch. Das ist einfach Wind. Stärke 5, denke ich.«

»Pff«, sagt Juli. »Ich finde es aber anders viel cooler.«

Der See ist groß, so groß. Wolken jagen über den Himmel, der Wind lässt nicht nach. Er bläst genau aus der Richtung, in die sie paddeln müssen. Sie paddeln in der Nähe des Ufers, aber nicht einmal dort finden sie Windschatten.

Eine kleine Straße läuft zwischen Seeufer und Weiden entlang. Hier macht sie plötzlich eine Biegung und verschwindet dann weiter oben zwischen den Bäumen, denn hier reicht der Wald bis an den See heran. Dort, wo das Ufer flach wird, breitet sich ein Campingplatz aus. Dahinter, durch eine kleine Landzunge von den Wohnwagen und Zelten getrennt, liegt ein Strand; ein Stück des Sees ist mit roten und weißen Schwimmperlen abgeteilt. Der Wind trägt all das Schreien, Lachen, Quietschen und Schimpfen zu ihnen herüber.

»Da ist eine Wasserrutsche«, sagt Per sehnsüchtig.

»Wir. Gehen. Nicht. Auf den Campingplatz«, erklärt Jonte.

Juli wendet sich zu Per um und hört auf zu paddeln.

»Da findet Marthe uns doch sofort«, sagt sie. Der Wind treibt die *Fluch der Karibik* unerbittlich zurück und Juli schnauft. »Wir könnten da vorne trotzdem mal anlegen. Da ist wenigstens kein Wind.«

›Da vorne‹ ist eine winzige Wiese am Ufer ohne jegliches bisschen Strand davor. Stockenten hocken dort in der Sonne. Als die *Fluch der Karibik* sich nähert, schütteln sie sich, quaken erbost und lassen sich ins Wasser gleiten. Und der Wind macht tatsächlich einen Bogen um den Wiesenflecken.

Es ist schön, die Paddel im Boot zu verstauen. Es ist wundervoll, die Beine zu strecken. Als sie aussteigt, reibt Juli sich unauffällig den Po. Der Sitz ist hart, das Sweatshirt ist eindeutig nicht genug Kissen.

Jonte vertäut das Boot und Per sagt: »Ich habe Hunger.«

»Du bist langweilig«, seufzt Jonte.

Aber dann picknicken sie doch. Frisches Graubrot mit Erdbeermarmelade und Apfelsaft und Butterkekse.

Es ist einfach phänomenal, wie viel man essen kann, wenn man ständig paddeln und schwimmen und vor einer Frau auf einem Pferd fliehen muss. Jedenfalls theoretisch. Praktisch ist Marthe weit und breit nicht zu sehen, puh.

»Mann, bin ich satt«, sagt Juli schließlich und lässt sich ins Gras fallen.

»Darf ich dein Messer haben, bitte, bitte, Jonte?!«, sagt Per.

Auf der Straße fährt ein Auto vorbei. Danach ein Motorrad. Und danach raschelt es im Haselgebüsch vor den Bäumen.

Juli zuckt wieder einmal zusammen. »Was ist das?«

Jonte durchsucht schon seit einer ganzen Weile seinen Rucksack. »Vielleicht eine Ratte«, nuschelt er.

Juli zieht die Knie an und beobachtet die Haselsträucher vor den Bäumen. Aber die haben jetzt aufgehört zu rascheln. Dafür zittert das Gras auf dem kleinen Stück Wiese davor.

»Jonte, sind Ratten gefährlich für Menschen?«, haucht Juli.

»Manchmal«, murmelt Jonte und schaut nicht herüber. Er scheint seinen gesamten Rucksack umpflügen zu wollen.

»Das ist doch keine Ratte«, sagt Per und schnitzt weiter an seinem Pfeil.

»Und was ist das dann?«

»Eine Katze«, sagt Per und zeigt auf etwas, das jetzt aus dem hohen Gras auftaucht.

Juli starrt. Tatsächlich schält sich dort so eine Art Katze aus den Gräsern. Aber ... dürfen Katzen so krumme Beine haben? Dürfen sie aussehen wie nasser Sand? Gestreifter nasser Sand? Ist so ein dicker Kopf bei Katzen erlaubt? Und so ein kurzer Schwanz? Und so ... nein, diese Ohren müsste man wirklich mal flicken, damit sie wieder aussehen wie Ohren. Und außerdem ...

»Der schielt«, sagt Per.

Endlich schaut auch Jonte auf. »Cool. Das ist echt der hässlichste Kater, den ich je gesehen habe«, sagt er beeindruckt.

Dieser Kater muss völlig verrückt sein oder gemein. Oder beides. Denn er schaut nicht nach links und nicht nach rechts. Die Jungen interessieren ihn einfach nicht. Nein, er stolziert direkt auf Juli zu.

»Per«, flüstert Juli und hört auf zu atmen.

Als der Kater sie erreicht, beginnt er zu schnurren. Oh, wie er schielt! Aber er schielt bernsteinfarben mit goldenen Punkten. Und er sieht Juli an, als ob sie der einzige Mensch auf der ganzen Welt sei. Also, *wahrscheinlich* sieht er Juli an, denn da neben ihr niemand sitzt, könnte er sonst höchstens den See meinen.

Er setzt sich auf seinen Po, direkt vor ihre schützend aufgestellten Knie, und starrt sie immer weiter an. Ob er auf irgendetwas wartet?

»Hihi, der ist in dich verknallt«, stellt Per fest.

Vorsichtig, ganz vorsichtig streckt Juli ihren gefrorenen Arm aus. Sehr, sehr zart berührt sie mit dem Zeigefinger den plumpen Kopf.

Der Kater schließt die Augen, er schnurrt lauter.

»Katzen sind nicht ganz so gefährlich wie Ratten. Wollte ich dir nur sagen«, beruhigt Jonte sie und grinst.

»Nö, bloß irgendwo in der Mitte zwischen Nashörnern und Regenwürmern. Besser als Pferde oder Hühner oder Spinnen auf jeden Fall«, gibt Juli erleichtert zurück.

Zögernd lässt sie ihre Hand über den Katernacken wandern, das Fell ist so weich und glatt und glänzt in der Sonne. Der Kater senkt den Kopf und reibt ihn an Julis Schienbein. Dann lässt er sich auf ihre Füße fallen.

Juli späht über ihre Knie. Der Kater schielt zu ihr herauf. Er sieht nicht so aus, als wolle er bald wieder aufstehen.

Juli seufzt. Ihr Herzschlag beruhigt sich. Sie streichelt, der Kater schnurrt, die Sonne funkelt auf seinem Fell.

»Puma«, sagt Per.

»Hä? Das ist ein Kater.«

»Ja, aber ich nenne den Puma, weil: Der sieht aus wie ein Puma, deswegen!«, sagt Per.

»Nee. Wie ein Panther doch«, sagt Juli.

»Puma!«, sagt Jonte und zieht die Augenbrauen hoch.

»Panther!« Juli sieht Jonte starr in die Augen.

»Sind Panther nicht schwarz?«, fragt Jonte lauernd.

»Okay, du willst ihn Puma nennen?« Juli wendet sich an Per und versucht, möglichst engelhaft zu lächeln. »Weil er wie ein Puma aussieht? Aber ich finde, dass er auch ziemlich wie eine Mülltonne aussieht.«

Per schüttelt heftig den Kopf.

Jonte jedoch grinst. »Der erinnert mich total an unseren Geschichtslehrer Herrn Hansen. Bloß ohne Cordhosen«, sagt er und streichelt dem hässlichsten Kater der Welt über den Kopf. Er zupft ihn vorsichtig am Schwanz und kassiert einen strengen Blick, sowohl vom Kater als auch von Per. »Puma ›die Tonne‹ Hansen«, sagt Jonte feierlich. »Willkommen. Wenn du Butterkekse magst, ist das okay. Sonst musst du dir dein Fressen selbst fangen.«

»Der gehört bestimmt zum Campingplatz«, flüstert Juli. Seltsamerweise kann sie gar nicht mehr aufhören, den Kater zu kraulen.

Und seltsamerweise weicht er ihr auch nicht mehr von der Seite. Er sitzt am Ufer, als sie schwimmen gehen, bis Juli die Arme so wehtun, dass sie wieder an Land muss.

Er wartet vor dem Busch, hinter dem Juli pinkelt.

Er läuft die ganze Zeit neben ihr her, als Per und sie zum Campingplatz hinübergehen, weil Per einen Seelenschaden bekommt, wenn er nicht wenigstens ein einziges Mal auf der Rutsche rutschen darf. Aber er folgt ihr nicht auf den Campingplatz; er bleibt am Eingangshäuschen stehen und schickt Juli nur einen langen goldenen Blick hinterher.

»Morgen kommt *Die fahrende Emma* auf den Campingplatz«, sagt Juli zwei Stunden später zu Jonte.

Jonte übt Bottleflipping mit einer Eisteeflasche, die er mit Seewasser gefüllt hat. Jetzt zuckt er zusammen. »Wer?«, fragt er.

»So ein fahrender Laden«, sagt Juli. »Ein Supermarkt im Wohnwagen, stand da.«

Sie sieht sich um. Puma ›die Tonne‹ Hansen knackt aus dem Gebüsch.

»Der ist ja wieder mitgekommen«, sagt Jonte und zeigt mit der Flasche auf den Kater. »Vielleicht gehört der ja doch nicht zum Campingplatz.«

»Kann schon sein«, sagt Juli und streichelt Puma über den Kopf. Jetzt, wo sie einmal damit angefangen hat, kann sie wirklich nicht mehr aufhören.

Deshalb, also aus Liebe zu einem Kater, müssen sie diese Nacht auf dem kleinen Stück Wiese in der Nähe des Campingplatzes verbringen, anstatt zum Beispiel einfach weiterzufahren. Aber das ist kein Problem, wenn man noch genügend zu essen hat und einen vor Dunkelheit schimmernden See und ein kleines, knisterndes Feuer am Ufer, das Per mit Stöckchen und trockenen Gräsern füttert.

»Per, das Stück Graubrot lassen wir aber fürs Frühstück morgen übrig, klar?«, sagt Juli und sieht Per tief in die Augen.

Per nickt.

Puma sitzt aufrecht, wieder und wieder starrt er in die Dunkelheit der Bäume, er wittert und lauscht. Schließlich steht er auf und reckt sich. Ehe Juli ihn noch ein letztes Mal streicheln kann, ist er mit einem Satz verschwunden.

»Der geht jetzt jagen«, sagt Jonte und schiebt mit dem Fuß einen Kiefernzapfen ins Feuer. Es pufft und Funken sprühen auf das schon abendfeuchte Gras.

Julis Herz jedoch bricht in tausend kleine Stücke. Wie dumm von ihr! Puma gehört nur sich selbst und niemandem sonst.

Vielleicht kommt er ja wieder. Bestimmt kommt er wieder! Oder?

Es gibt diese Nächte, in denen kann man einfach nicht einschlafen. Man hört jedes noch so feine Geräusch – jemand lacht auf dem Campingplatz, ein Vogel piept in einem Baum, irgendwo dreht jemand Techno auf. Man wartet, ob vielleicht ein Kater zurückkehrt. Man hofft …

Jonte schnarcht. Das nervt, Juli setzt sich auf und beobachtet Jonte beim Schnarchen.

Er liegt auf dem Rücken, nimmt Per allen Platz auf der Isomatte weg, sein Mund ist aufgeklappt. Neben seinem Kopf, im Schatten, liegt Madita. Juli sieht nur eine Ahnung von ihrem Schwanz.

»Ich hab Angst«, wispert Per plötzlich.

Juli blickt in seine aufgeschlagenen Augen. »Wovor hast du denn Angst?«

»Vor … vor Geistern.«

»Geister gibt es doch gar nicht, das weißt du doch«, flüstert Juli, »keine Geister, keine Monster, auch keine Feen oder Elfen …« Auf einmal spürt sie Jontes Stimme in sich. Sie spürt, wie Jonte sich breitmacht in ihr.

Sie zupft an Pers Ärmel.

Leise, leise kriechen sie zum Ausgang des Zeltes. Juli zieht den Reißverschluss auf. Eine Sekunde hält sie inne, blickt sich um. Jonte schnarcht friedlich weiter.

Da schauen sie in die Nacht hinaus, Per und sie. Die Dunkelheit ruht auf dem See, winzige Wellen lecken träge am Ufer. Obwohl der Mond hinter Wolken verschwunden ist, ist sie nicht völlig schwarz, die Nacht hier draußen. Wie Glühwürmchen funkeln die Lichter eines fernen Hauses auf der Wasserfläche.

»Sieh mal«, wispert Juli und zeigt zwischen die Bäume, wo es schwach leuchtet. Vielleicht das erste Licht des Morgens? Vielleicht auch nur eine ferne Straßenlaterne.

»Was ist denn da?«, flüstert Per und kneift die Augen zusammen, um besser zu sehen.

Und da erzählt Juli ihm von der Lichtblauen, die nachts über alle im Wald wacht. Mit ihren Blitzpfeilen und ihrem Lichtbogen.

»Aber sie schießt keine Tiere tot!«, flüstert Per vorwurfsvoll.

»Natürlich nicht«, haucht Juli und zieht den Reißverschluss ganz sachte wieder zu.

Am nächsten Morgen aber ist das Brot verschwunden. Nur der Hunger, der ist zurückgekehrt.

Laut knurrend und böse.

AUSSEN. EIN GASTHAUS AM SEE - DIESE EINE SOMMERNACHT

Eine FRAU schaut grübelnd auf ihr Handy, ihr rechter Zeigefinger schwebt über der Tastatur. Sie tippt. Sie zögert, tippt weiter. Sie hält sich das Handy ans Ohr, zupft an ihrer Hose herum.

MARTHE

Ja, guten Abend, Marthe Januszewski hier. Ich wollte ein paar Kinder als vermisst melden, eher Jugendliche ...

(sie lauscht eine Weile)

Was? Sie haben schon eine Meldung erhalten? ... Nein, sie sind vermutlich mit einem Faltboot unterwegs ... Ja, ich kann sie Ihnen beschreiben ...

(atmet tief ein)

Also ...

NEUN. Mondmilchbrötchen

Juli wacht mit Kopfschmerzen auf. Nebel liegt über dem See wie der Dampf aus dem Maul eines Drachen. Ihr Mund schmeckt innen seltsam. Vielleicht hat ihre Zunge sich über Nacht in einen Fisch verwandelt? Ihr Bauch knurrt, wahrscheinlich würde er auch bellen vor lauter Hunger, wenn er könnte. Und Pers schuldbewusster Blick bringt das Brot auch nicht zurück. So ein Mist!

»Haben wir wenigstens noch Tütensuppe oder so etwas?«, fragt sie Jonte, der schon so unerträglich wach ist und wieder mal in seinem Rucksack herumwühlt, als hoffe er, dort noch irgendeinen lange vergessenen Schatz zu finden.

Doch Jonte schüttelt den Kopf. Jetzt sucht er hektisch in seinen Hosentaschen, erst in denen seiner kurzen Hose, dann in seinen Jeanstaschen, dann sogar in denen von seinem Sweatshirt. Schließlich kippt er den Rucksack aus.

»Was suchst du denn bloß?«, fragt Juli.

»Mein Geld!«, schnauft Jonte und wird immer hektischer.

»Geld? Hattest du etwa Geld mit?«

»Ja. Aber das ist jetzt weg!«

Juli sieht ihn mit großen Augen an. »Dann könnten wir ja bei der *Fahrenden Emma* einfach etwas kaufen. Brötchen und so!« Sie schüttelt den Kopf. »Such noch mal gründlich!«

Jonte verdreht die Augen. Dann zuckt er mit den Schultern.

»Weißt du was, wir versuchen es einfach so«, schlägt Juli vor. »Wir können das Geld ja hinbringen, wenn du es gefunden hast.«

»Was macht ihr?«, piepst Per.

»Was zu essen organisieren«, erklärt Juli. »Wir gehen einkaufen.«

»Ich komm mit.«

»Wir haben aber noch kein Geld, Per, okay?«, sagt Jonte.

Per sieht ihn groß an und nickt.

Am Straßenrand vor dem Eingang zum Campingplatz steht ein Wagen, wie er auf Märkten zu finden ist. Mit einer Glastheke mit Wurst und Käse darin und einem Regal dahinter mit frischem Brot und Dosen und Gläsern voller Erbsen und Pfirsichen und ... Juli muss schlucken.

Jonte hält sie am Ärmel fest. »Was machen wir denn jetzt?«, wispert er ihr zu.

»Keine Ahnung. Fragen, ob wir später zahlen können?«

»Dann können wir aber nicht so viel nehmen. Nachher finde ich das Geld überhaupt nicht wieder.«

»Wie viel hattest du denn mit?«

»Och, nicht so viel. Nur für alle Fälle.«

Hinter dem Tresen steht eine junge Frau und schneidet Käse. Sie hat hellblonde, in einen Knoten zusammengezwirbelte Haare und auf dem rechten Unterarm ein Tattoo. Ein schwarzer Baum, an dessen Ästen einzelne Blätter hängen, umkreist von schwarzen Vögeln.

»Cooles Tattoo«, flüstert Juli. »Bisschen unheimlich.«

Per aber klebt schon an der Scheibe der Theke. Die Frau hat ein paar Sonnenblumenkernbrote auf den Tresen gestapelt und ein Schild oben hineingesteckt.

»Sonn-en-saft-brot«, entziffert Per laut, während Juli all die Käsesorten und Jonte all die Wurstsorten mit den Augen streichelt.

Bevor Jonte oder Juli es richtig begreifen, klettert Per auf die Taschenablage und sieht der Frau mit dem Baumtattoo tief in die Augen. Und das bedeutet: Wenn die Frau so ähnlich funktioniert wie Juli, wird sie gleich schmelzen und sich in eine glückliche Pfütze verwandeln.

»Duhu?«, sagt Per. »Kannst du uns nicht drei Brötchen schenken? Wir haben sooo viel Hunger und überhaupt kein bisschen Geld! Das ist alles weg und geklaut.«

Juli sieht, wie Jonte knallrot wird. »Per, Mann, wieso geklaut! Das weißt du doch gar nicht und das macht man außerdem nicht! Das gehört sich nicht!«, zischt er.

Die Baumfrau in dem Ladenwagen schmilzt zwar nicht, aber sie fängt an zu lachen. Sie beugt sich über den Tresen. »Was hättest du denn gerne?«, fragt sie in Pers Augen hinein. »Mohn? Roggen? Aber nur welche von gestern.«

»Sonnensaftbrötchen«, sagt Per ernst und zeigt auf das Schild auf der Theke. »Und auch … Mondmilchbrötchen.«

Die Frau zwinkert Juli und Jonte zu. »Mach ich«, sagt sie. »Ich hätte noch Sternenwasserkuchenränder, meinst du, die helfen auch gegen Hunger?«

»Bö-schtümmt«, sagt Per.

Juli schluckt wieder. Sie hat richtig Hunger, sie hat das Gefühl, bisher hat sie noch gar nicht gewusst, was Hunger eigentlich ist.

»Und wo wir schon dabei sind, wie wär's mit ein paar Scheiben Bärchenwurst?«, fragt die Frau und zeigt auf die Wurst in der Auslage.

»Das ist aber Gesichtswurst«, sagt Per treuherzig.

»Na gut, dann eben Gesichtswurst«, sagt die Frau und rollt einige Scheiben zusammen und – wo sie nun einmal dabei ist – auch noch einige Scheiben Butterkäse.

Jonte tritt von einem Fuß auf den anderen, er ist immer noch rot im Gesicht.

»Kommt ihr vom Campingplatz?«, fragt die Frau, als sie die Brötchen und die Kuchenreste und die Gesichtswurst und den Käse in eine Papiertüte versenkt.

»Klar.« Juli nickt eifrig.

»Ist da heute so ein Typ mit einer Basecap und einem ... einem Bart ...? So ein Andreas?«, fragt die Frau. »Der das Klo da repariert?« Sie wird tatsächlich auch ein bisschen rot.

»Keine Ahnung«, sagt Juli und schnüffelt Richtung Brötchentüte.

Per haucht an das Glas vom Tresen und malt etwas hinein, das eine Katze sein könnte. Oder ein Walfisch ... oder ...

»Ist ja egal«, murmelt die Frau. Sie dreht die Tüte mit einer geschickten Bewegung ein paar Mal um sich selbst und reicht sie Juli über die Theke. »Ihr könnt gerne wiederkommen, wenn ihr noch etwas braucht«, sagt sie und lächelt.

»Danke«, sagt Juli.

Eine FRAU schneidet eine Nudelpackung auf. Das Handy in ihrer Reithose klingelt. Sie wirft die Schere in die Spüle und gräbt ihr Handy aus der Hose.

DIE FRAU

Jana? Bist du das? Du bist so schwer zu verstehen! … Ja, es geht ihr gut. Wirklich prima!

(nickt heftig mit dem Kopf)

Sie hat hier bei einem Kindergeburtstag mit Pferd geholfen und ausgemistet … Jaja, sie hat Freunde gefunden. Nachbarskinder. Weißt du, zwei der Enkel vom alten Paul Matthiessen, von dem ich dir erzählt habe. Nette Kinder. Jaja, sie unternehmen etwas zusammen …

(fährt sich durch die Haare)

Genau, mit Tieren. Mit Fischen. Und Pferden … Fische? Habe ich ›Fische‹ gesagt? Ich bin etwas durcheinander. … Nein, einfach viel zu tun … Es ist so schönes Wetter hier, Jana. Sie ist mit ihren neuen Freunden unterwegs, da kannst du sie nicht sprechen! … Ja, sie hat sich bestimmt mit Sonnenmilch eingerieben. Sie ist doch schon groß! … Auf dem Handy auch nicht? Jana, sie ist mit ihren Freunden … Hast du in ihrem Alter etwa ständig mit deiner Mutter gesprochen? Ich meine, wenn du etwas Besseres zu tun hattest? … Ja, gut, es gab damals noch keine Handys. Ich werde es ihr sagen, Jana. Kein Problem. Auf jeden Fall. Bis dann, bis dann. Habt noch einen schönen Urlaub!

Marthe stopft ihr Handy wieder in die Hosentasche. Sie wirft einen langen Blick auf Julis Smartphone, das auf dem Küchentisch liegt, dann sieht sie aus dem Fenster. Man hört ihre Stimme aus dem Off.

Der alte Paul … Gut, dass er angerufen hat. Jetzt weiß ich wenigstens, dass die Kinder ein Handy dabeihaben! Trotzdem besser, wenn ich sie erwische. Machen wir eben gemeinsam einen Ausflug ans Meer. Wenn die Kinder nun unbedingt ans Meer wollen …

»Sie ist voll verliebt.« Juli beißt von einem Sonnenmilchbrötchen, ach nee, Mondsaftbrötchen ab, dass die Körner nur so fliegen.

Per isst die Gesichtswurst getrennt – erst die hellen, dann die dunklen Teile. Jonte schiebt sich ein Stück Sternenwasserkuchenrand in den Mund. Die Sonne steht inzwischen schon so hoch, dass sie den Nebel beinahe geschmolzen hat. Nur Fetzen ziehen noch als tief fliegende Wolken über den See.

»Verliebt? Wer? In wen?«, fragt Jonte.

Juli verdreht die Augen.

»Die Baumfrau in den Basecaptypen, den Andreas«, murmelt sie. Sie kaut, sie runzelt die Stirn. »Los, kommt! Wir tun jetzt was für die!«

Jonte tippt sich an die Stirn. »Wo willst du denn hin?«, ruft er ihr hinterher.

»Zum Klo natürlich!«, ruft Juli zurück.

Das Klo ist ein Klohäuschen und es steht auf dem Campingplatz. Gleich mehrere Toiletten sind darin untergebracht. In Kabinen. Nebeneinander.

Drinnen rumpelt es.

»Der Basecap-Typ«, sagt Juli triumphierend. Sie zeigt auf eine knallrote Basecap, die über einer Trennwand zu sehen ist. Der Typ scheint ziemlich groß zu sein.

Aber als Per das Klo stürmen will, obwohl er überhaupt nicht begriffen hat, was Sache ist, hält sie ihn zurück.

Sie zieht ihn hinter das Klohäuschen. »Warte mal. Erst müssen wir überlegen, wie wir ihm das sagen.«

Sie denkt nach und tippt sich mit dem Zeigefinger an die Unterlippe.

»Wem? Was? Hä?«, fragt Jonte.

Juli seufzt. »Dem Basecap-Typen, dass die Baumfrau in ihn verliebt ist.«

Jonte kraust die Stirn. »Aber wenn der Basecap-Typ nicht in die Baumfrau verliebt ist, dann kann das voll in die Hose gehen«, sagt er.

»Dann müssen wir erst rausfinden, ob er auch in sie ist«, stellt Juli fest und hält Per, der schon wieder losrennen will, am Ärmel fest.

»Ich weiß!«, wispert Per.

»Was?«

»Wir gehen in das Klo nebenan und dann flüstern wir ihm rüber, dass die in ihn verliebt ist.«

Juli denkt nach. »Okay. Wir machen das ein bisschen anders, aber sonst fast genauso«, sagt sie. »Haben wir irgendwo einen Stift?«

Wenig später quetschen sie sich zu dritt in eine Kabine und versuchen, nicht zu kichern.

»Hast du einen Bart? Heißt du Andreas?«, schreibt Juli mit Kugelschreiber auf ein Stück Klopapier. Sie schiebt es mit dem Fuß auf die andere Seite der Trennwand. Und dann wird es noch viel schwerer, nicht zu kichern.

Nebenan hört das Rumpeln auf, das Papier verschwindet, drei halten den Atem an. Das Gerumpel geht weiter.

Das Papier kommt zurück.

»Ja«, liest Juli vor.

Jonte schnappt sich das nächste Klopapierblatt.

»Bist du verliebt?«, schreibt er darauf. Und schiebt es hinüber.

Sie schauen sich an, Jonte und Juli. Juli beißt sich auf die Unterlippe, Jonte knibbelt an seinem Daumennagel. Per beobachtet mit großen Augen die Trennwand.

Es dauert lange, bis das Papier zurückkommt.

»Ja.«

Juli meint, von drüben ein leises Lachen zu hören. Diesmal

ist sie schneller als die anderen. »Hat sie einen Baum auf dem Arm?«

Sie halten die Luft an, sie kneifen sich vor lauter Aufregung.

Da: Ein grinsender Smiley.

»Sehr witzig«, haucht Juli.

Und Jonte schreibt: »Ja oder nein???«

Aber kein Papier kommt zurück. Stattdessen eine Stimme. Von nebenan.

Eine lachende, sehr tiefe Stimme: »Ja. Aber wer auch immer ihr seid, könntet ihr bitte von dem Klo verschwinden? Ich muss da jetzt ran.«

Türen knallen, sie rennen. Sie lassen sich kichernd auf den Rasen hinter dem Klohäuschen fallen.

»Wir müssen ihm noch schreiben, dass die Baumfrau auch in ihn verliebt ist«, schnauft Juli, als sie wieder sprechen kann.

»Darf ich das machen, Juli, bitte?!«, drängt Per.

Große Bambiaugen.

Juli wird zur Pfütze. »Okay«, seufzt sie.

Und dann schreibt Per mit nur ein klein bisschen Hilfe von Juli: »Si is in dich arch falipt.«

Er darf es unter der Kabinentür durchschieben. Ganz allein marschiert er zurück in das Klohäuschen.

Da kommt er wieder heraus.

Er sieht komisch aus, er grinst so schief. Seine Hände sind nass. Und dann rennt er los.

Juli sieht Jonte an, Jonte zuckt die Schultern. Per wetzt quer über den Campingplatz, Juli kann ihn kaum einholen. Sie wird ganz offensichtlich alt.

»Was hast du denn, Mann?«, fragt Jonte, als sie Per endlich am Boot erwischen.

Per schaut sich nach allen Seiten um. Niemand zu sehen. Bloß Bäume und durch die Bäume ein paar Wohnmobile auf dem Parkplatz.

»Seife!«, jubelt Per.

Juli und Jonte starren ihn an.

»Seit wann stehst du denn auf Händewaschen?«, erkundigt Jonte sich misstrauisch.

Pers Augen sind so groß und dunkel wie der See.

»Aber du hast doch gesagt, dass wir Seife brauchen«, sagt er und seine großen, dunklen Augen sehen Juli an.

Juli zuckt mit den Schultern. »Klar. Wenn wir uns mal die Haare waschen wollen oder die Sachen oder so ...«, sagt sie.

Pers Augen beginnen zu schwimmen, er sagt nichts, er sieht Juli nur an.

Und Juli versteht.

Sie drückt ihn an sich, so sehr sie kann. Ihr T-Shirt wird am Bauch etwas nass, aber das macht nichts.

Sie legt ihre Wange auf seinen Kopf und flüstert: »Na klar brauchen wir Seife, ganz dringend. Bestimmt stinken wir schon wie ... wie die Löwen im Zoo. Oder wie ...«

»Wie das Klo«, murmelt Per an ihrem Bauch. »Oh, das reimt sich!«, sagt er dann überrascht.

Per, kleiner Per, der zum Glück so sehr nach sich selbst riecht. Nach Erde unter den Nägeln, nach Bärchenwurst und ein wenig nach Grundschule.

Seifenschlieren treiben über den See davon. Eine bleibt im Schilf hängen.

»Kann man sich mit Seife die Haare waschen?«

»Ich glaub schon, probier doch …«

»Kann man sich mit Seife die Zähne putzen?«

»Keine Ahnung. Probier doch.«

»Uäh. Kann … man nicht!«

Jonte sagt gar nichts. Er sagt schon eine ganze Weile nichts.

»Dann musst du wohl noch Zahnpasta organisieren, Per!«, sagt Juli.

»Ich hab aber kein Geld mehr«, sagt Per vorwurfsvoll.

»Was? Du hast die Seife doch vom Klo geklaut!«

»Ich hab nicht geklaut. Ich hab da Geld hingelegt.«

»Echt?«

Per nickt. »Klar«, sagt er treuherzig. »Klauen darf man doch nicht!«

»He, hast du noch mehr Geld?«, fragt Jonte und zieht die Augenbrauen zusammen.

Per sieht Jonte an. »Nö. Das war doch mein Ferientaschengeld von Ops«, sagt er langsam.

Jonte schlägt sich die Hand vor die Stirn. »Dann hätten wir ja die Brötchen auch bezahlen können.«

Pers Unterlippe fängt an zu zittern.

»Ist doch egal«, sagt Juli schnell. »Jedenfalls haben wir jetzt was zu essen und Seife.«

»Aber kein Geld mehr«, murmelt Jonte düster.

»Vielleicht findest du es ja doch noch«, schlägt Juli vor.

»Vielleicht fällt auch gleich ein Elefant vom Himmel«, schlägt Jonte vor.

Juli wuschelt Per durch seine nassen Haare, dass die Tröpfchen nur so durch die Mittagssonne stieben, und seufzt ein bisschen.

»Ohne Geld ist es auf jeden Fall mehr Abenteuer«, entscheidet sie.

Jonte aber übt Bottleflipping mit einer leeren Eisteeflasche voller Seewasser und will einfach weiter düsterer Laune sein.

Schließlich steht er auf. »Los kommt, wir packen zusammen und fahren weiter«, sagt er.

Juli stöhnt. Heute ist ihr nicht nach Paddeln. Es ist so schön geworden, der Himmel ist tiefblau, es riecht über den ganzen Campingplatz hinweg nach Sonnenmilch und die Luft ist so sommerwarm. Jetzt, wo sie satt ist, möchte sie gerne schwimmen, mindestens bis zur anderen Seite des Sees hinüber. Sie möchte mit Per noch einmal rutschen gehen, wegen des Seelenschadens und so. Und weil man möglicherweise noch erfahren kann, wie das mit Andreas und der Baumfrau weitergeht. Sie möchte …

Außerdem ist Puma, der hässlichste Kater der Welt, immer noch nicht zurückgekehrt. Aber tief innerlich ist Juli überzeugt davon, dass er kommen wird. Er hat sie sich nicht ausgesucht, um gleich wieder zu verschwinden. Da ist mehr. Sie muss nur auf ihn warten …

Juli blickt auf den See hinaus. Der Wind hat sich heute Nacht verabschiedet, der See sieht aus wie ein großer, milder Spiegel. Filmen … Sie würde jetzt so gerne filmen. Sie würde aufnehmen, wie ein riesiges Gesicht in dem Spiegel erscheint oder mehrere … Geistergesichter.

Oder sie könnte … Moment …

All diese Naturgeräusche – wenn Juli sie einfach ausknipste und stattdessen wäre in dem Film nur Musik? Das ganze stille Bild, der müde Tag, das Gold auf dem See. Nur diese eine Einstellung. Man müsste die Kamera natürlich auf ein Stativ packen, damit nichts wackelt. Und die Kamera würde einfach auf den See hinausschauen und dann würden lauter Geschichten durch das Bild ziehen. Aber man würde gar nicht wissen, was in den Geschichten passiert. Man würde es nur ahnen.

Wegen der Musik.

Juli kneift die Augen zusammen.

Irgendwas mit Gitarre. Bestimmt alles GEMA-geschützt. Egal, irgendwas würde sie schon finden und dann ...

Da zum Beispiel! Da kommt ein Vogel. Gleich wird er durch das Bild fliegen. Jetzt würde sie auf den Vogel zoomen, jetzt würde sie die Gitarrenmusik faden ... so ... und dann ... pfff ... Techno? Metal? Irgendetwas total Hartes. Ist ja eigentlich ein kleiner Vogel, aber total hart drauf. Klar, man weiß nicht, was er vorhat, aber irgendwie ... Wahrscheinlich mordet er gleich einen Wurm. Oder ... man weiß es nicht. Vielleicht mordet er auch ganz was anderes ... Uh. Jetzt ist er durchs Bild durch. Jetzt ist er weg.

Puh!

Gitarrenmusik wieder aufdrehen. Techno raus.

Boah, ist das spannend.

Nee, ne? Was passiert jetzt?

Nichts. Das Wasser kräuselt sich etwas, vielleicht hat es jemand gekitzelt. He ... taucht da vielleicht gleich das Monster von ... Wie hieß das noch mal? Muss sie nachschauen. Okay,

Gitarrenmusik downfaden ... Trommeln, erst leise, dann lauter, dann ... Juli zuckt zusammen und richtet sich auf.

Da taucht wirklich etwas auf, gar nicht weit vom Ufer entfernt ... Wie ein Bleistiftstrich. Ist das etwa ...?

Es ist.

Eine Schlange.

Juli erstarrt.

Die Schlange schwimmt; grau, mit einem dunkleren Muster auf dem Rücken, schlängelt sie sich über die schimmernde Oberfläche und zieht ihre Spur über den See.

Niemand stört sie, niemand hält sie auf.

Julis Herz pocht zum Zerspringen.

Da hebt die Schlange ihren Kopf und sieht zu Juli herüber. Und nie, nie in ihrem ganzen Leben wird Juli diesen Blick vergessen. Denn er ist aus reinem, kaltem Silber.

AUSSEN. WALD, WALD, WALD - DIESE EINE SOMMERNACHT

Herzklopfen aus dem Off. Es wird immer lauter, dann kommt das MÄDCHEN ins Bild.

MÄDCHEN

(stöhnt)

Ich kann nicht mehr. Seitenstiche. Hört … dieser verdammte … Wald nie auf? Das war falsch, das war wieder die falsche Richtung! Da … da vorne … wird es da … wird es da echt heller? … Warte, nee, da ist ein Licht, oder?

Das Mädchen rennt ein Stück weiter, bleibt stehen, starrt. Man sieht ein schwaches Licht von weit her, irgendwo brummt ganz leise ein Motor.

He! Da ist ein Auto!

Das Mädchen wedelt mit den Armen, schreit. Aber das Motorengeräusch verschwindet, der Wald ist wieder dunkel. Das Mädchen lässt die Arme fallen. Kurz steht es total bewegungslos da. Dann rennt es wieder los. Die Dunkelheit ist wie ein See, in den das Mädchen eintaucht. Lautes Herzklopfen aus dem Off im gleichen Rhythmus wie ihre Schritte. Wird langsam leiser.

ZEHN. Flusstiere

Etwas pocht auf der Straße.

»Juli, hör mal, hier gibt es auch Isländer!«, sagt Per.

In der Tat klingt es wie das Geklapper von töltenden Ponyhufen.

Juli rollt das Zelt ein. Weil Jonte *so* drängelt die ganze Zeit. Man kann sich dabei aber in Zeitlupe bewegen. Damit Puma wenigstens noch eine Chance hat.

Jonte schiebt seinen Rucksack tief in das Heck des Faltbootes. »Bist du fertig mit dem Zelt?«, fragt er. Dann hebt er den Kopf. »Ist das ein Pferd?«

»Nein, ein Isländer«, sagt Per stolz.

»Moment, ey! Hat Marthe uns etwa gefunden?«

Juli starrt ihn an. »Kann doch auch ein normaler Isländer sein! Also einer, auf dem nicht Marthe draufsitzt.«

»Gib das Zelt her«, sagt Jonte und klingt bestimmt.

»Aber die hat dunkle Haare«, sagt Per. »Und Marthe hat rote.«

»Wer ›die‹?«, fragt Jonte.

»Die da!« Per zeigt auf ein schwarzes Pferd, das sich zwischen den Bäumen im Schritt nähert. Auf seinem Rücken sitzt eine schwarzhaarige Frau. »Aber das ist auf jeden Fall Svartur«, sagt Per verwundert.

Jonte hat das Boot schon losgebunden. »Komm, Per, los, rein ins Boot!«, schreit er. »Juli, ey, jetzt komm!«

Julis Hände werden feucht. Sie klettert zögernd ins Boot. »Aber wenn das doch gar nicht Marthe ist …«

»Los, jetzt macht endlich!«, schreit Jonte wieder.

Ein Kichern sitzt in Julis Kehle. So ein blubberiges, sprudelndes, nervöses. Als ob sie mitten in einem Film steckten … in *Flussfahrt mit Huhn* zum Beispiel. Jonte sieht richtig panisch aus. Juli setzt Per mit einem Griff auf ihrem Rucksack zurecht.

»Das ist kein Roadmovie, das ist ein Boatmovie«, flüstert sie entzückt.

PER

(nachdenklich)

Aber Svartur kann auf jeden Fall schwimmen.

Das PFERD tritt auf die Wiese, auf dem Rücken die schwarzhaarige REITERIN, die breit grinst.
JULI versucht, das Paddel aus dem Rucksackriemen zu befreien.

JULI

(schreit)

Oh, Mist, Mist, Mist!

JONTE stößt sie ab. Als er ins Boot hechtet, landet er beinahe auf der anderen Seite.

Das schwarze Pferd und seine Reiterin aber haben inzwischen das Ufer erreicht. Das Pferd schliddert etwas im Matsch.

MARTHE

Diesmal habe ich euch!

Marthe treibt das Pferd in den See hinein. Svartur schnaubt, rollt mit den Augen.
Juli hofft, dass Svartur vielleicht das Schwimmen verlernt hat. Oder ihm das Wasser einfach zu kalt ist.

JONTE

(schreit)

Noch lange nicht!

JULI

(schwitzend)

Jonte, mein Paddel klemmt!

Jonte paddelt mit aller Kraft los. Das Pferd watet völlig ungerührt ins Wasser. Und leider schwimmt es jetzt. Es trägt dabei einen gelangweilten Ausdruck im Gesicht. (Missssssst!)

PER

Seht ihr, hab ich euch doch gesagt!
Svartur kann schwimmen!

JONTE und JULI

Aaaaah!

Das Paddel klemmt immer noch. Juli wedelt wild herum und trifft mit dem Ellenbogen Per am Auge.

PER

Aaaaah!

JULI

So ein Kack, das ist ein Seepferd!

Svartur nimmt Kurs auf das Boot, Marthe hat sich von seinem Rücken gleiten lassen, hält sich an der Mähne fest und sieht sehr entschlossen aus.

JULI

He, hat das Pferd schon irgendwelche Schwimmwettbewerbe gewonnen?

PER

(hält sich das Auge)

Keine Ahnung! Aaaaah, sie hat uns gleich!

JONTE und JULI

Aaaaah!

Das PADDEL und der RUCKSACK haben sich ineinander verheddert.

Vielleicht haben sie sich ja lieb und wollen heiraten.
Ha, ha.
Marthe und Svartur erreichen das Boot. Svartur erwischt dabei mit seinen rudernden Vorderhufen Jontes Paddel.

PADDEL
Klonk. Krach. Splitter.

Marthe greift nach der Festmacherleine, die wie immer sinnlos im Wasser herumtreibt, weil nie jemand daran denkt, sie an Bord zu holen.

MARTHE
Jetzt habe ich euch!

JONTE, JULI und PER
Neeeeeiiiiinnn!

Svartur wendet mitten im See und schwimmt genauso schnell und ungerührt zurück, wie er gekommen ist.
Das Boot rauscht durch die Wellen, bloß leider in die falsche Richtung, nämlich zum Ufer.

MARTHE
Zur Strafe müsst ihr zwei Wochen lang
den Paddock abäppeln!

JULI

Du siehst fast genauso aus wie die schwarzhaarige Hexe aus dem „Zauberer von Oz“!

MARTHE

Ich BIN die schwarzhaarige Hexe! Und eure Flucht hat jetzt endlich ein Ende. Vielleicht sperre ich euch auch ein bisschen in den Keller ein!

Am Ufer taucht die WIRKLICHKEIT auf. Sie trägt ein langes, buntes Kleid und einen totalen Hippiehut - sieht aus, als sei er aus lauter lebenden Eichhörnchen gemacht.
Ihre Haare wechseln alle zwei Sekunden die Farbe und bei jedem dritten Wechsel werden sie lichtblau.

WIRKLICHKEIT

He, das ist doch ein superschwaches Ende! Wie wollt ihr denn die restlichen 60 Minuten füllen?

JULI

Keine Ahnung, aber es ist doch ein realistisches Ende! In der Wirklichkeit kriegen sie einen immer. Und dann gibt es Ärger und Diskussionen und Verbote und so.

Die Wirklichkeit schüttelt so heftig den Kopf, dass sie ein paar Eichhörnchen von ihrem Hut verliert.

WIRKLICHKEIT

Für wie einfallslos hältst du mich eigentlich?

JULI

Das willst du nicht ernsthaft wissen, oder? Mach es doch besser!

WIRKLICHKEIT

Na, dann … watch me, Babe!

»Aber Svartur kann auf jeden Fall schwimmen«, sagt Per nachdenklich.

Hektisch versucht Juli, ihr Paddel aus ihrem Rucksackriemen zu befreien.

»Oh, Mist, Mist, Mist!«, schreit sie.

Jonte stößt sie ab. Als er ins Boot hechtet, landet er beinahe auf der anderen Seite.

Das schwarze Pferd und seine Reiterin aber haben inzwischen das Ufer erreicht. Das Pferd schliddert etwas im Matsch.

Und dann schwimmt es.

Noch nie hat Juli ein Pferd schwimmen sehen. Sie kommen immer näher, Svartur und Marthe. Jonte und Juli sehen schon ihre Augen glitzern und …

In diesem Moment gibt Julis Rucksack endlich das Paddel

frei. Juli wirft einen Blick nach hinten, fällt in Jontes Rhythmus ein. Ja, man hat etwas gelernt in diesen Tagen.

»Pöh! Wir sind viel schneller!«, lacht Jonte, als das Boot über den See schießt, ganz knapp aus der Reichweite des schwarzen Pferdes heraus.

O ja, sie sind viel schneller. Oder … das *wären* sie, wenn Jonte sich nicht ausgerechnet diesen Augenblick aussuchen würde, um sein Paddel zu verlieren. Das Paddel treibt ab, fieberhaft fischt er danach, das Boot schwankt mal wieder. Es hat echt nichts Besseres zu tun! Was das verflixte Paddel noch weiter abtreiben lässt. Juli versucht gleichzeitig, das Boot am Kentern und am Rückwärtstreiben zu hindern. Marthes triumphierendes und Svarturs angestrengtes Gesicht kommen immer näher, Per paddelt mit den Händen und kichert dabei wie ein Verrückter, Juli verheddert sich wieder einmal in ihrem eigenen Paddel und da …

JULI

He! Das endet doch gleich genauso wie mein Drehbuch!?

WIRKLICHKEIT

Du hast exakt so viel Geduld wie ein Zitteraal, ne? Wo war ich stehen geblieben? Und da …

… geschieht ein Wunder.

Svartur bremst ab.

Juli sieht das Weiße in seinen Augen. Sie sieht, wie er panisch rückwärtsrudert. Sie sieht auch die Überraschung in Marthes Augen. Sie sieht …

Direkt vor Svartur schwimmt ein Kopf. Er ist winzig und nass und sehr entschlossen. Ein Biber?

Oder was?

Wasauchimmerdasist schwimmt direkt auf die *Fluch der Karibik* zu.

Svartur dagegen hat abgedreht, so sehr Marthe auch versucht, seinen dicken Hals wieder in die richtige Richtung zu bewegen. Sie zieht erbittert an seinem Zaumzeug, und für einen Moment wirkt es, als könne ein Pferd auch im Wasser scheuen.

»Hihi!«, quietscht Per. »Das ist Puma!«

»Woher weißt du das denn?«, fragt Jonte, der das Paddel endlich eingefangen hat.

»Nicht lospaddeln, Jonte, nicht lospaddeln! Puma will mit!«

Es ist tatsächlich der Kater. Pitschnass krallt er sich an der Außenhaut des Bootes fest und hievt sich an Bord.

Per hilft ihm. »Aua, Puma, Mann!« Ein paar Tropfen Blut bleiben im See zurück.

»Svartur hat Angst vor Katzen, *daher* wusste ich, dass es Puma ist«, sagt Per und lutscht an seinem Unterarm.

»Los!«, schreit Jonte. »Los jetzt!«

Denn Marthe … kann auch kraulen.

Übrigens.

»Tschüss, Tante Marthe!«, ruft Per und winkt der Frau mit den neuerdings schwarzen Haaren freundlich zu. »Bis bald! Oder nee, bis irgendwann!«

Die *Fluch der Karibik* schießt über den See, sie lassen Marthe weit hinter sich. Der Kater reibt seinen Kopf an Julis Rücken, dann kriecht er unter ihrem Arm durch. Er schnurrt. Sie spürt seine Nässe auf ihrer Haut – er ist wirklich patschnass. Er schielt sie an. Juli schielt zurück. Da tapst er mit den Vorderpfoten an ihr hoch, stützt sich an ihrer Brust ab und leckt ihr einmal mit der Zunge über das Kinn.

»Manno! Warum hat der *dich* so lieb?«, beschwert Per sich.

»Keine Ahnung«, seufzt Juli.

Und nun lässt sich Puma, die Seekatze, auf dem Bug des Bootes nieder und fängt an, sich zu putzen.

WIRKLICHKEIT

Und? War ich gut?

JULI

Klappe!

Der Himmel spannt sich über das dunkle Land, still atmet der See und die Nacht ist mit sich selbst beschäftigt.

Juli ist müde und trotzdem kann sie nicht schlafen. Sie sind weit gefahren heute, so weit. Sie haben all den Sonnenmilchsommer hinter sich gelassen. Bis zu diesem dunklen, geheimen Ufer sind sie gepaddelt, über das sich der Wald wölbt und wo weit und breit kein Weg zu sehen ist. Sie haben die *Fluch der Karibik* versteckt, hinaufgetragen zwischen die Bäume, Zweige über ihr leuchtendes Segeltuch gedeckt. Sie haben eine Kuhle im Wald gefunden für das Zelt, voller alter Blätter und herrlich weich. Man sieht es kaum vom See aus.

Juli sitzt am Ufer. Die anderen schlafen schon.

Es ist das erste Mal, dass sie allein im Dunkeln sitzt. Winzige Wellen schwappen an den Strand. Juli sieht zu den Sternen hinauf. Wie kleine Nachtlichter für alle, die Angst vor der Dunkelheit haben, denkt sie – wie die grün schimmernden Klebesterne, die Juli früher über dem Bett hatte und die während der Nacht langsam verblassten. Bloß viel schöner.

Puma jagt wieder, irgendwo in diesem Dunkelwald. Juli lauscht.

Per schnarcht leise im Zelt. Oder Jonte.

Sie hat keine Angst. Oder?

Sie könnte noch etwas zu essen gebrauchen, aber Jontes Rucksack ist wieder einmal leer. Sie stochert einen letzten Glutrest aus der Asche ihrer Feuerstelle und schnipst ihn in den See. Er ist zu klein, er zischt nicht einmal.

Wie weit es wohl noch ist bis zum Meer? Auf Jontes merkwürdiger Karte kommen nach diesem großen See nur noch ein kleiner und ein großer und dann ein Fluss, viele, viele Kilometer lang.

Es ist so schön auf den Seen.

Sie befühlt ihre Armmuskeln. Hoho! Da ist jetzt eine ganze Menge, was vorher noch nicht da war. Vielleicht fängt sie nach den Ferien mit Boxen an. Nach den Ferien ... Nein, daran möchte sie nicht denken!

Sie schnüffelt an ihrem T-Shirt. Könnte man vermutlich mal waschen, im See mit Pers Seife.

Jonte riecht so gut. Er riecht nach frischer Luft und Holzrauch und Junge. Nach Abenteuer irgendwie.

Juli lächelt dem See zu, in dem sich die Dämmerung spiegelt. Sie spürt die Dunkelheit, sie sitzt an ihrem Rand. Die schwärzeste Schwärze schläft hinter ihr im Wald, wo Puma umherstreift ... Julis Rücken kribbelt.

»Ich wünschte, ich wäre tapfer, Aslan.«

Ganz plötzlich taucht der Satz in ihrem Kopf auf, wie eine Blase an der Oberfläche des Sees. Liegt es daran, dass sie gerade an Puma gedacht hat? An sein Fell, das knistert, wenn sie ihn in der Sonne streichelt? Und daran, dass sie komischerweise überhaupt keine Angst mehr vor ihm hat?

Doch plötzlich hat sie Angst *um* ihn. Und diese Angst lässt sich absolut nicht vertreiben.

Juli steht auf. Der Wald hinter ihr rauscht ein wenig, als wolle er sie einladen. Aber es wispert auch darin, es raschelt und tuschelt. Sie steht unschlüssig vor den Bäumen. Andererseits laufen sie tagsüber ja auch darin herum, sie und Jonte und Per. Und es ist ja eigentlich unwahrscheinlich, dass es gefährliche Nachttiere dort gibt oder Geister oder ... jedenfalls Tiere, die beißen oder sonst wie tödlich sind.

Mutprobe!

Halt die Klappe, Jonte.

Und dann steht Juli im Wald, ohne genau zu wissen, wie sie dorthin gekommen ist. Sie stapft zwischen den Bäumen das leicht ansteigende Ufer hinauf und lässt das letzte Licht zurück. Nur um einen erwachsenen Kater zu suchen.

Hallo?!

Es wird dunkler und dunkler. Als ob sie im Magen des Waldes herumtapste. Juli schluckt. Alte Blätter rascheln um ihre Füße. Kleine Zweige knacken.

Mutprobe!

Ich habe sie bestanden, Jonte, siehst du!

Die Härchen auf ihren Armen sträuben sich jedoch, ihr ganzer Körper besteht aus purer Elektrizität.

Sie spürt etwas hinter sich ...

Jemand ... schnurrt. Juli atmet aus und dreht sich um. Hinter einer Buche taucht ein Katzenkopf auf, Juli bückt sich, und Puma reibt sich an ihrem Arm und sieht zu ihr hinauf, als wolle er fragen: »He, hast du auf mich gewartet?«

Sie ist nicht Lucy, die Jüngste der Pevensie-Geschwister im *Narnia*-Land, und sie kann sich auch nicht an Puma lehnen, so wie Lucy sich an Aslan lehnt, als sie ihn endlich im Wald gefunden hat. Aber sie kann ihn kraulen und sie kann sich ebenso freuen.

Sie kehrt zurück ans Ufer. Puma folgt ihr. Mal verschwindet er im Gebüsch und mal sieht sie sein Fell vor sich in der Dämmerung aufleuchten. Als sie sich wieder am Ufer niederlässt, weit genug entfernt von der Matschstelle, an der sie das Boot aus dem Wasser geholt haben, setzt der Kater sich neben sie, die Pfoten zierlich nebeneinander. Erst schielt er auf den See hinaus, mit halb geschlossenen Augen, dann sieht er sie plötzlich an.

»Wenn du noch tapferer wärest, dann wärest du eine Löwin.«

Julis Herz macht einen Stolperschritt.

War das Aslans Stimme in ihrem Kopf?

Oder Pumas?

Einen winzigen Moment lang glaubt Juli an Zauber, daran, dass die Wand zwischen der Wirklichkeit und all den Geschichten, den gefilmten und den nicht gefilmten, gar nicht vorhanden ist. Dass nachts die Schranken fallen ...

Und wenn es stimmt? Und wenn sie doch tapfer ist? Weniger ängstlich, als sie denkt?

Einer ihrer zahlreichen Mückenstiche am Knöchel fängt an zu jucken. Juli zieht ihre Knie an und legt ihren Kopf darauf. Sie streichelt den alten Kater. Schließlich legt sie sich neben ihn und deckt sich Jontes Sweatshirt über die Beine. Puma schnurrt und schnurrt und dann treibt Juli davon.

Hinaus in die raschelnde, klingende Nacht mit ihren ganz eigenen Träumen und Geschichten.

AUSSEN. WALD - DIESE EINE SOMMERNACHT

Das MÄDCHEN steht vornübergebeugt, mit hängenden Armen, sein Atem geht schwer, sein ganzer Körper bebt. Aus dem Off.

MÄDCHEN

Kann … kann einfach nicht mehr … rennen. Ich denke … wenn ich jetzt die Lichtblaue wäre, dann könnte ich … he, das geht echt besser. Ich will die Lichtblaue sein, oh, ich **bin** die Lichtblaue! Ich fliege …

Das Mädchen läuft wieder los, erst langsam, dann schneller.

ELF. Das Bierdeckelspiel

Hunger nervt. Er macht unruhig. Und wütend. Eigentlich ist nichts nett an Hunger, wenn man es mal so recht bedenkt. Früher, als sie klein war, hat Juli gerne ›armes Kind‹ gespielt, das durch die Wildnis zieht und betteln muss – am liebsten nur mit Lumpen bekleidet und von Sturm und Schnee umtost; heute ist sie sich nicht mehr so sicher, ob das wirklich so toll ist.

Ach, irgendwie … Sie werden schon etwas zu essen bekommen. In diesem Ort da, Mychen. Jontes Karte behauptet jedenfalls, dass es ihn gibt und dass er gar nicht weit entfernt liegt. Vorausgesetzt, sie sind wirklich dort, wo Jonte denkt, dass sie sich befinden. Was keineswegs sicher ist. Es kann natürlich auch sein, dass der Ort, seit diese Karte gedruckt wurde, einfach vertrocknet ist. Oder von Aliens auf ihren Planeten hinaufgebeamt wurde. Oder dass Jontes Karte sich den Ort nur ausgedacht hat, so wie sie sich Paddelkanäle ausdenkt.

»Was ist das da?«, fragt Juli und zeigt auf eine kleine schwarze Tasse.

»Keine Ahnung. Vielleicht hat da irgendjemand eine Tasse vergessen. Oder man muss was trinken, wenn man da vorbeikommt, weil man schon so lange unterwegs ist, dass man sonst verdurstet.«

»Und das da ------?«

»Hm. Eine Grenze?«

»Hier gibt es doch gar keine Grenzen.«

»Kann auch die Grenze zwischen zwei Dörfern sein, oder?«

»Und das  ?«

»Der Baum? Naturdenkmal.«

»Aha. Wusste gar nicht, dass Bäume auch Denkmäler sind. Guck mal, da  ist eine Fahrwassertonne. Aber so schief, wie die liegt, muss da ganz schöner Sturm sein auf der Karte. Vor allem: Was macht die denn mitten im Wald?«

Jonte seufzt. »Tja. Keine Ahnung.«

Durch diesen Wald mit der Fahrwassertonne im Sturm traben sie gerade. Nein, genau genommen traben sie nicht, vielmehr schlagen sie sich durch irgendein Dickicht, weil Jonte behauptet hat, dass es den gemütlichen und breiten Waldweg, dem sie vorhin begegnet sind, gar nicht geben würde. Und wenn, dann würde er auf jeden Fall nicht nach Mychen führen. Dieses hier sei der direkte Weg. Hat er behauptet.

Weg?!

Kleine Eichen und Buchen stehen überall herum. Farn und Brombeerranken versperren ihnen den Durchgang, es ist der reinste Dschungel. Hier im Schatten sind die Brombeeren noch sauer, die meisten sogar noch grün.

Erst denkt sie, es sei ein Flugzeug.

»Was ist das denn?«, fragt Jonte vor ihr und bleibt stehen.

»Ein Zug«, sagt Per und geht schon mal hinter einem Baum in Deckung.

Aber es muss ein sehr merkwürdiger Zug sein, denn er spricht. Juli lauscht. Es ist wohl ein Kinder- und Kicherzug.

Vielleicht hat er ja seine Mutter verloren und rennt deshalb suchend durch den Wald.

Sie schleichen sich an. Wie Indianer springen sie von Baum zu Baum, so gut das mit all dem Gestrüpp funktioniert, natürlich.

Der Zug ist in Wirklichkeit ein Fahrrad. Aber trotzdem auch ein Zug. Es ist …

»Eine Draisine«, flüstert Jonte hinter seiner Eiche. »Da liegen Schienen.«

Es ist tatsächlich eine Draisine, mit einer fröhlichen Familie obendrauf. Vorne sitzen die Eltern und strampeln den Fahrrad-Zug durch den Wald. Ihre Köpfe tauchen über den Tannenschösslingen auf. Die Kinder hinten auf der Plattform streiten wohl gerade.

Jedenfalls schreit eines von ihnen: »Finger weg! Wir dürfen da jetzt noch nicht dran, hat Mama gesagt. Manno, lass sofort los!«

Juli späht vorsichtig an ihrer Birke vorbei.

Die beiden Kinder rangeln, sie sind etwas älter als Per, vielleicht acht und zehn, und Juli hofft, dass keines von ihnen herunterfällt. Das tun sie auch nur beinahe, dafür fällt etwas anderes herab.

»Mama, halt an! Mamaaaa!«

Aber die Eltern der Kinder radeln weiter. Vielleicht kennen sie diesen Streit schon, vielleicht haben sie einfach keine Lust anzuhalten. Oder die Draisine hat keine Bremse.

»Mamaaaa!«

Die Stimmen entfernen sich, jetzt ist die Draisine hinter einer Kurve verschwunden. Jonte und Juli sprinten gleichzeitig los, aber Julis Rucksack verfängt sich an einer Tanne. Also ist es Jonte, der das Etwas vom Boden aufhebt.

»Eine Tüte Mini-Snickers!«, ruft er andächtig.

»Verloren ist verloren und wiederholen ist gestohlen«, sagt Juli wenig später und beißt selig in ihren Schokoriegel. »Und was machen wir jetzt?«

»Vielleicht führen die Schienen ja zu dem Ort rüber«, sagt Jonte.

Juli legt ihm die Hand auf den Unterarm. »Guck bloß nicht auf die Karte!«

Zu. Spät.

»Ich glaube, da  ist ein Bahnhof«, sagt Jonte nachdenklich und tippt auf eine Falte der alten Karte.

Juli sieht ihn an. »Hm. Wenn der Ort einen Bahnhof hat und hier Schienen herumliegen, könnte es natürlich ganz vielleicht sein, dass diese Schienen zu dem Bahnhof führen«, sagt sie.

Jonte wirft ihr einen langen Blick zu. Dann wendet er sich ab und fängt an, die Schienen entlangzulaufen.

»Bist du dir wirklich ganz sicher?«, ruft Juli. »Weil: Hier wächst überhaupt kein Gestrüpp und keine Dornen. Das kann unmöglich der richtige Weg zu diesem Dorf sein!«

Aber Jonte dreht sich nicht einmal um.

Sie sind nicht so bequem wie ein Waldweg, die Schienen, aber man kann wunderbar auf ihnen balancieren und von einer Betonschwelle zur nächsten springen. Zwischen den Schwellen wächst Gras, Farn beugt sich über die Gleise.

»Eigentlich müsste es jetzt schon Pfifferlinge geben«, meint Jonte.

»Ich hab immer noch Hunger. Aber ich mag trotzdem keine Pilze«, sagt Per verwundert.

Und da kommt bei Juli diese Idee vorbeigeschlendert und macht sich in ihrem Kopf breit.

»Tauschspiel«, sagt sie. »Logisch!«

Die Jungen sehen sie an.

»Man nimmt irgendwas – also einen Stift oder ... nee, keine Sorge, Jonte, dein Taschenmesser natürlich nicht ... also irgendwas. Und dann geht man zu jemandem oder in einen Laden und tauscht das ein. In etwas anderes. Zum Beispiel was Essbares. Oder in etwas, das mehr wert ist, zum Beispiel ...«

»Einen Hundert-Euro-Schein?«, schlägt Jonte vor.

»Genau«, sagt Juli. »Und dann tauscht man den Hundert-Euro-Schein zum Beispiel in etwas zu essen um. Oder in was anderes ...«

»Zum Beispiel in einen Zweihundert-Euro-Schein«, schlägt Jonte vor.

Juli verdreht die Augen.

Per hört auf, an einem Stöckchen herumzukauen. »Wieso ist das ein Spiel? Das ist doch wie einkaufen!«

»Wie einkaufen rückwärts«, verbessert ihn Juli.

»Bloß dass wir kein Geld kriegen«, klärt Jonte ihn gleichzeitig auf.

»Häää?«

»Du kriegst doch keinen Hundert-Euro-Schein für einen Bleistift! Du tauschst einen Bleistift gegen einen Comic und den dann gegen, ach, keine Ahnung, gegen ein paar alte Bücher und die dann gegen drei Brötchen oder so. Verstehst du? So kriegt man was zu essen«, sagt Jonte.

Juli grinst.

Per nickt. Er hüpft auf der Schiene herum wie ein Verrückter. »Ich tausch das dann in ein Auto um! In ein echtes Auto!«

Und dann rutscht er ab.

Aber das muss schließlich auch mal sein.

Der Ort hat ein uraltes Tor. Das steht da einfach so in der Gegend herum. Mit ein bisschen Mauer dran, damit es nicht ganz so doof aussieht. Der Torbogen ist aus Feldsteinen und jeder kann hindurchgehen. Man kann natürlich auch drum herumgehen, das stört weder das Tor noch die Mauer. Die Mauer ist auch aus Feldsteinen. Und die Straße übrigens ebenso, das sieht so aus, als ob das Tor aus der Straße herausgewachsen wäre wie ein großer Steinpilz. Hinter dem Tor bekommt die Straße aus lauter Freundlichkeit für die Menschen im Ort Bürgersteige. Und die sind aus einer Art gelbem Backstein.

Juli bleibt stehen, bückt sich und streichelt gedankenverloren über das warme Pflaster. Gelbe Wege – genau wie im *Zauberer von Oz*. Wie schön.

Rechts und links reihen sich jedoch kleine, graue, unfreundliche Häuser aneinander, die alle wirken, als wohnten kleine, graue, unfreundliche Hunde darin. Juli schüttelt sich.

Eine Tüte Mini-Snickers reicht nicht besonders weit, stellt sie außerdem fest, sie ist schon wieder so unruhig. Nur der alte Mann, der ihnen auf dem Bürgersteig entgegenkommt, hat noch schlechtere Laune. Er brummelt etwas vor sich hin, er fährt mit seinen Händen durch die Luft, jetzt schüttelt er sogar seine Faust. Er sieht niemanden an dabei. Sie müssen auf die Straße treten, denn der Mann nimmt mit seiner Fuchtelei den ganzen Bürgersteig ein.

In diesem Moment bemerkt er wohl, dass er doch nicht allein auf der Welt ist. Sein Blick ist milchig und leer. Er schaut sie an und trotzdem scheint er sie gar nicht zu sehen. Er hat so ein Babygesicht ... wie ein uraltes Kind mit dünnen grauen Haaren.

Juli nimmt Per an die Hand, sie versuchen, sich schnell an ihm vorbeizudrücken. Doch plötzlich hat der Mann wohl etwas gefunden, das er noch lieber anschimpfen will als die reine Luft.

»Du!«, schreit er und wieder schüttelt er seine Faust. »Du!«

Juli sieht, wie Jonte blass wird.

Der Mann starrt nur ihn an, nur ihn.

Jonte bleibt stehen, als ob der Mann ihn mit seinem bösen Blick gebannt hätte, er senkt den Kopf, er macht sich klein, er geht richtig ein wenig in die Knie.

Da packt Juli ihn am Handgelenk und zieht ihn fort. »Mann, der ist doch verrückt«, wispert sie.

Sie rennen die Straße entlang. Jontes Flip-Flops klatschen auf das Pflaster. Die Straße macht einen Bogen, Per ist der Einzige, der sich umdreht.

»Jetzt ist er weg«, meldet er.

Juli bleibt stehen und fängt an zu kichern. »So ein Spinner«, schnauft sie.

Sie legt ihre Stirn in Falten und zeigt auf Jonte. »Du!«

Jonte zuckt zurück. »Hör auf!«

»Was hast du denn?«

Aber das will Jonte nicht sagen.

Vor der Gärtnerei stehen eine Menge Gartenmöbel zum Draufsetzen. Juli hält Jonte und Per fest. »Hier fangen wir an«, bestimmt sie.

Per schaut zu ihr auf, doch Jonte schüttelt den Kopf. »Ist nicht so meine Sache.«

»Wie jetzt?«, sagt Juli.

Jonte nickt in Richtung Gärtnerei. »Was wollen wir denn überhaupt tauschen?«

Gute Frage.

Juli kramt in ihrem Rucksack, das leere Snickerspapier knistert. »Den hier?« Er schreibt zwar inzwischen nicht mehr und außerdem ist der Klemmhaken abgebrochen, aber er sieht immerhin noch aus wie ein Kugelschreiber.

»Okay. Viel Glück! Ich warte hier.«

Juli legt den Kopf schief und schaut ihn an.

Jonte verschränkt die Arme vor der Brust und beobachtet den Parkplatz der Gärtnerei. Auf dem sozusagen gar nichts passiert.

»Alter! Ein Porsche Snyder!«, murmelt er.

Juli tritt ganz nah an ihn heran. »Mutprobe!«, flüstert sie ihm ins Ohr. »Jetzt bist *du* dran!«

Er wirft ihr einen Blick zu, einen finsterschwarzen Blick.

Juli grinst.

»Zusammen«, presst Jonte zwischen den Zähnen hervor.

Juli zuckt mit den Schultern. »Okay, hier ja. Aber beim nächsten Tausch …« Sie versucht, ihm mit dem linken Auge zuzuzwinkern. Doch das geht, wie immer, in die Hose.

Wenig später kommen Juli und Jonte mit einem Topf Schnittlauch, dessen Spitzen schon etwas braun sind, wieder aus der Gärtnerei.

»Ich will den fressen, grrrrrr«, sagt Per und sperrt den Mund so weit auf, wie er kann.

Juli hält schützend die Hand über den Topf. »Bist du verrückt? Der Nächste gibt uns ... äh ... einen Brillanten dafür. Mindestens.«

»Der Nächste« besitzt einen Kiosk am Rande des alten Marktplatzes, an dem jedes Haus in einer anderen Farbe gestrichen ist. Und er wird ihnen möglicherweise *keinen* Brillanten für einen Topf Schnittlauch geben. Aber man darf ja wohl hoffen.

»Einfache Sache«, sagt Juli. »Du bist dran, Jonte. Du brauchst noch nicht mal in einen Laden reinzugehen.«

»Ich gehe sowieso in keinen Laden rein«, sagt Jonte.

Juli sieht Jonte an. »Ich habe vielleicht Angst vor Tieren«, sagt sie. »Aber du hast Angst vor *Menschen*.«

»Das ist unfair!«, sagt er.

»Genauso unfair wie das mit dem Vom-Baum-in-den-See-Springen«, sagt Juli. »Und die Schokolade hab ich übrigens immer noch nicht gekriegt.«

Jonte funkelt sie wütend an.

Als er zurückkommt, ist er ziemlich rot im Gesicht.

»Und?«, drängt Juli.

Jonte öffnet die rechte Faust. Drei Kaugummikugeln liegen darin in Türkis, Blau und Orange.

»Ah«, sagt Juli. »Eine für jeden. Klarer Auftrag. Diesmal trennen wir uns.«

Jonte tippt sich an die Stirn.

Juli sieht Jonte an.

Jonte sieht Juli an.

»In zehn Minuten am Denkmal«, sagt Juli und zeigt auf den Stein mit den vielen Namen in der Mitte des Marktplatzes.

Dann dreht sie sich um.

Als sie sich wieder treffen, hat Juli drei Bierdeckel in der Kneipe neben der Kirche bekommen. Per kaut und hat keine Kaugummikugel mehr. Und Jonte schlendert heran und grinst schief.

»Was hast du?«, fragt Juli. »Zeig!«

Aber Jonte schüttelt den Kopf. »Das kann man nicht zeigen.« Er wirkt merkwürdig glücklich.

Juli knurrt ihn an. »Hast du die Kaugummikugel auch selbst gefuttert, oder was?«

Jonte schüttelt den Kopf.

»Kommt mit«, sagt er einfach.

Und da bleibt ihnen wohl nichts anderes übrig. Jedenfalls, wenn sie heute noch etwas zwischen die Zähne kriegen wollen, das nicht mit Vornamen Blaubeere heißt.

Sie gehen eine Straße entlang und dann um die Ecke und noch mal um die Ecke. Hier stehen ein paar neue Häuser mit kleinen, baumlosen Gärten. Schließlich bleibt Jonte vor einem frisch gelb gestrichenen Haus mit schneeweißen Fensterrahmen und einer nagelneuen Haustür stehen. An der Tür sind Luftballons befestigt. Und eine Girlande mit metallisch glänzenden Buchstaben: Willkommen.

Jonte klingelt. Er ganz allein. Juli zieht die Augenbrauen hoch, sie sieht nur seinen Hinterkopf.

Jemand macht auf, und Jonte geht in die Knie, denn dieser Jemand ist nur halb so groß wie er und hat blonde Mausezöpfe mit rosa-weiß-getupften Schleifchenspangen darin.

»Hey«, sagt er. »Da sind wir.«

»Mamaaaa!«, schreit das kleine Mädchen ins Haus hinein, »der ist daha!« Und dann hüpft es im Eingang auf und nieder.

Hinter ihr sammeln sich mehrere Kinder von derselben Zwergengröße. Und nun stößt tatsächlich eine Frau dazu mit wirren, schon reichlich grauen Haaren und den blausten Augen, die Juli je gesehen hat.

»Aha, sind das deine späten Gäste, Leni?«, fragt sie. Das kleine Mädchen nickt und die Mutter öffnet die Tür und sagt mit einem Lächeln: »Willkommen!«

Als Juli hinter Jonte in den kleinen weiß gefliesten Vorraum tritt, meint sie, eine Spur von Misstrauen in den frühlingshimmelblauen Augen zu entdecken.

Oder hat sie sich geirrt?

AUSSEN. SEEUFER - DIESE EINE SOMMER-
NACHT

Im schwarzen Uferwasser schlafen ein paar Enten. Neben ihnen hat sich etwas im Schilf verfangen.

NAH

Es ist ein kleines Plüschtier, ein Känguru. Es schwimmt auf dem Rücken, seine gestickten Augen starren zum Himmel.

ZWÖLF. Hexen

Das hätte sich die Mutter von Milena-Marie besser zweimal überlegen sollen, denkt Juli und sieht sich in dem kleinen Garten um. Geplatzte Luftballons, Filzstifte, zerknitterte Papiere, ein riesiges Schwungtuch, ein alter Eisentopf, ein zerbrochener Holzlöffel. Aber andererseits: Was soll sie denn machen, wenn Leni für Jontes orangene Kaugummikugel eine Geburtstagseinladung eintauscht? Man muss immer schön fair bleiben. Und ein Vorbild für seine Kinder sein.

Zufrieden stopft Juli eine weitere Waffel mit Puderzucker in sich hinein. Das Geburtstagskind und seine sechs kleinen Gäste sind vollauf damit beschäftigt, ihnen mit offenen Mündern beim Essen zuzusehen.

»Woher kommt ihr?«, fragt ein kleines Mädchen schließlich.

»Vomganmpffeitfeg«, schafft Per, an seiner Waffel vorbeizunuscheln.

»Vom Mond?«, fragt ein anderes Mädchen mit dunklen Wuschelhaaren und noch größeren Augen als denen von Per.

»Von so einer Art Mond«, sagt Jonte. »Aber jetzt machen wir hier Ferien. Und wir wollten mal gucken, wir ihr auf der Erde so Geburtstag feiert.«

Wie lieb Jonte mit diesen Stoppelzwergen ist! Vor kleinen Kindern scheint er keine Angst zu haben.

»Wohnt ihr im Hotel?«, will ein Junge wissen.

»Ja, in so einer Art Hotel«, sagt Jonte und beißt schnell in die nächste Waffel. »In einem Zeltotel.«

Ihr Zuhause, denkt Juli. Ihr kleines, grünes, muffiges Zeltotel, das sie morgens allesamt einfach herausschwitzt, wenn es seine Ruhe braucht. »He«, ruft sie und springt auf. »Kennt ihr hier auf der Erde auch dieses Spiel, das wir auf dem Mond immer spielen? Das ›Plumpsack‹ heißt?«

Sie spielen so lang, bis die Mutter von Leni sie auch noch zum Würstchenessen einlädt. Mit Pommes. Und Ketchup und Mayo, natürlich.

Mitten im besten Würstchenessen, als Jonte gerade versucht, aus drei Würstchen ein Zelt zu bauen, und die Würstchen einfach nicht mitspielen wollen und fünf kleine Mädchen kichern wie verrückt, klingelt es an der Tür. Gleichzeitig hört man den Schlüssel in der Haustür knacken. Lenis Mutter legt die Würstchenzange auf die Papiertischdecke mit den fröhlichen Clowns und verschwindet im Haus. Wenig später tritt ein Mann im Anzug an den Kindertisch und wuschelt Leni durch die Haare.

»Na, wie ist dein Geburtstag so, meine Kleine?« Dann fällt sein Blick auf Jonte. Und auf Per. Und schließlich auf Juli. »Hallo! Und wer seid ihr? Euch habe ich ja in meinem Haus noch nie gesehen!«

Eigentlich sitzen sie ja auch gar nicht in seinem Haus, sondern nur in seinem Garten, denkt Juli. Die Kleinen haben aufgehört zu kichern. Sogar Per.

»Das sind Gäste von Leni«, beeilt Lenis Mutter sich zu sagen. »Per und … Wie heißt ihr anderen noch gleich?«

Jonte schweigt, vornübergebeugt. Juli sieht, wie er unter dem Tisch Per in den Oberschenkel kneift.

Sie verdreht die Augen. »Ich bin Johanna und das sind Alex und Robert.« Sie zeigt auf Per und Jonte. »Unser kleiner Bruder heißt gar nicht Per, das wünscht er sich immer nur. Aber unsere Eltern haben leider anders entschieden. Wir kommen vom Campingplatz.«

Sie blinzelt gegen das Licht. Lenis Vater nickt. Aber er bleibt dennoch neben dem Tisch stehen. Würde ein anständiger Vater sich nicht einfach eine Wurst nehmen und sich dazusetzen?

»Ich muss mich erst einmal umziehen«, murmelt er jetzt, als habe er Julis Gedanken gehört.

»Wir sollten abhauen«, flüstert Jonte Juli zu, sobald Lenis Eltern im Haus verschwunden sind.

»Ich muss mal aufs Klo«, sagt Per. »Juli, kommst du mit?«

Juli nickt. »Wo ist denn euer Klo?«, fragt sie Leni.

»Drinnen«, sagt Leni stolz.

Jonte stöhnt. Juli sieht, wie zappelig er ist. Ja, vielleicht sollten sie wirklich verschwinden. Schließlich ist sogar Per satt.

»Ich muss mal«, jammert er.

Juli steht auf und nimmt ihn an die Hand.

»Meinst du, wir finden das Klo?«, fragt Per und zupft sich auf dem Weg ins Haus immer wieder vorne an seiner Hose herum.

Juli wirft ihm einen beunruhigten Blick zu. »Bestimmt«, sagt sie. »Gästeklos sind immer neben dem Eingang.«

Und da ist die Toilette auch tatsächlich, wie es sich für so ein ordentliches, frisch gebautes Haus gehört.

Nicht weit entfernt, einmal um die Ecke, befindet sich die Küche. Und in der Küche befindet sich auch ein Vater, immer noch im Anzug, und seine Frau, wie Juli durch die halb geöffnete Tür erkennen kann.

Während Per hinter der Klotür beschäftigt ist (»Setz dich ja hin und pinkel bloß nicht im Stehen!«), schleicht Juli sich heran. Sie hat so ein unbehagliches Gefühl, und zwar, wie sich herausstellt, zu Recht.

»Ihr könnt doch nicht einfach irgendwelche Kinder vom Campingplatz einladen«, sagt Lenis Vater gerade eindringlich.

»Aber, Harald, wir haben gedacht ...«

»Da denkt man nicht, da weiß man! Und was heißt hier überhaupt ›Kinder‹, wie alt ist denn bitte der große Junge? Der sieht mir doch schon wie mitten in der Pubertät aus. Jungen in der Pubertät, Karen, ich bitte dich! Du kennst die vielleicht nicht, du hast ja nur Schwestern, aber solche Jungen kommen auf Ideen, da kann ich dir ein paar Takte erzählen ...«

»Aber, Harald, Leni hat doch nur ...«

»Und außerdem ... wer sagt euch denn, dass die wirklich vom Campingplatz sind? Hast du gesehen, wie schmuddelig die aussehen? Die könnten doch ... und wenn die irgendwo abgehauen sind?«

»Aber, Harald! Das sind doch ganz nette Kinder. Und dann büxt man doch nicht mit so einem kleinen Kerl aus. Nein, also das glaube ich nicht.«

Puh, denkt Juli. Ihre Fußsohlen brennen, obwohl die weißen Kacheln so kühl sind.

»Fertig«, sagt Per strahlend und taucht neben ihr auf.

Sie nimmt seine Hand.

Als sie an der Küchentür vorbeihuschen, hört sie gerade eben noch ein »Karen, nein, bei solchen Kindern ist alles möglich. Ich glaube, ich werde sicherheitshalber gleich mal bei der Polizei nachfragen ...«

Juli rennt.

Sie zerrt Per hinter sich her.

»He«, protestiert Per. »Du hast noch nicht mal gefragt, ob ich mir die Hände gewaschen und abgezogen habe!«

Als Juli und Per in den Garten gerannt kommen, springt Jonte sofort auf.

»Tschüss, Kids!«, ruft er der Geburtstagsgesellschaft zu. »Unsere Rakete zurück zum Mond ist früher gelandet, als wir gedacht haben!«

Praktischerweise kann man den Garten auch ohne den Umweg durch das Haus verlassen. Juli nimmt sich vor, das künftig immer vorher zu prüfen.

Als sie die Straße hinuntersprinten, fallen Juli zwei Dinge auf. Erstens: Jonte hat es geschafft, noch ein paar Würstchen mitgehen zu lassen. Sie hängen in seiner rechten Hand wie verwelkte Tulpen. Und zweitens ...

»Weil: Ich *habe* nämlich abgezogen und mir die Hände gewaschen!«

»Toll, Per, aber dafür hast du vergessen, dir die Hose wieder zuzumachen.«

Übrigens kommt niemand hinter ihnen hergerannt, weder Lenis Vater noch ein Polizist.

Eine schwarzhaarige FRAU starrt in einer Küche auf einem Ponyhof wütend ein Smartphone an. Dieses Ding, das sie schon die ganze Zeit aufbewahrt und das ihrer Nichte gehört. Die jetzt wirklich verschwunden ist. Marthe wird all ihre Spione anrufen müssen. Aber sie wird JULI finden … irgendwann … oder bald.
Sehr! Bald!
Lange wird sie ihre Halbschwester JANA nämlich nicht mehr belügen können, weil sie sowieso nicht so gut lügen kann. Sie nimmt das Smartphone in die Hand. Bis dahin … könnte sie doch …

MARTHE

(murmelt)

Wenn es mir gelingt, die Sperre zu beseitigen - was soll ich dann bloß schreiben?

Sie kneift die Augen fest zusammen.
Juli hat keine Nummer eingegeben, um ihr Handy zu entsperren, sondern ein Muster … aber was für eines? Marthe stöhnt.

MARTHE

Mo-ment … Vielleicht … Wenn Juli müde war, hat sie doch mit dem Fingernagel Muster gemalt, auf dem Küchentisch, auf meinem alten Ledersofa …

Marthe hechtet zu ihrem Sofa. Da ist tatsächlich ein Muster eingeritzt und das geht ja blöderweise aus dem Leder nicht mehr raus. Marthe starrt auf das Muster. Sie streicht über den Bildschirm …

MARTHE
(flüstert)
Bingo!

Sie liest. Aber sie wird wenigstens rot dabei. Dann tippt sie mit dem Zeigefinger auf der Displaytastatur herum, so wie alte Leute das machen, und flucht dabei leise vor sich hin.

MARTHE
(liest vor)
Hi, Mama, mir geht es total gut. Ich habe nicht so viel mit dir gechattet, weil ich … okay, ich habe mich verliebt. Aber das erzähle ich dir, wenn wir uns wiedersehen, ja?
(drückt kräftig auf Senden, murmelt)
Hoffentlich, hoffentlich riecht Jana nicht Lunte.

Der Ort liegt schon im Abendschlaf, als sie die Straße zurücklaufen, die zum Tor führt. Jemand hört laut klassische Musik. Aus einem anderen Haus dringt die Ballerei irgendeines

Computerspiels und hinter den Fenstern flackern die ersten Bildschirme auf. In den Gärten wird gegrillt, der Geruch nach gebratenem Fleisch treibt über die Straße.

Jonte reibt sich den Bauch. »Mann, bin ich satt«, sagt er.

Seine rechte Hand ist inzwischen leer. Woran Per auch seinen Anteil hatte.

»Tja, wär toll, wenn man nur einmal in der Woche essen müsste«, murmelt Juli abwesend, denn jetzt hat sie etwas gesehen. An dem Altkleidercontainer vor dem kleinen Supermarkt lehnt eine knallblaue Plastiktüte.

»Was zum Verkleiden«, sagt sie zu Jonte und zeigt auf die Tüte.

Er starrt sie an. »Du weißt aber schon, dass Halloween erst im November ist?«

»Mann, Jonte, wenn da Klamotten drin sind, die uns passen? Ich meine, falls der uns jetzt wirklich von der Polizei suchen lässt. Dann ist das doch voooll die Tarnung!«, flüstert Juli. »Dann erkennt uns keiner mehr! Wenn jemand gesucht wird, steht da doch immer: ›Trägt ein T-Shirt in der Farbe von ... Durchfall‹, oder so.«

»Und eine kotzgrüne Hose und pissgelbe Schuhe«, sagt Jonte. »Okay, lass mal schauen.«

Plötzlich steht sie vor ihnen. Als wäre sie aus irgendeinem Himmel gefallen. Wie ... appariert. Wie bei Harry Potter. Groß, mit langen, offenen grauen Haaren, die nur von einem Haarband zurückgehalten werden, mit silbernen, seltsam geformten Blättern als Ohrringen, mit beinahe schwarzen Augen und mit einer Bernsteinkette um den Hals, deren ovale Perlen zur Mitte hin immer dicker werden.

Und sie ist ... barfuß.

Wenn Juli die Tüte schon aufgehoben hätte, wäre sie ihr garantiert vor Schreck aus der Hand gefallen. Hat sie aber nicht, stattdessen hat die alte Frau sie sich nun geschnappt.

»Das kommt nicht nach Afrika, das nicht!«, sagt sie und wirft die knallblaue Ikeatüte auf ihren vollen Einkaufstrolley.

»Was?«, fragt Juli.

»Habe ich euch erschreckt?« Die Stimme der Frau ist ganz hell, beinahe jung.

»Nö, nicht direkt. Aber ...«

»Dann ist ja gut.« Sie nickt. »Wie heißt ihr denn?«

Sie schauen sich an, Juli und Jonte. Nein, vielen Dank, das werden sie ihr bestimmt nicht verraten.

»Per«, sagt Per.

»Per!«, ruft Juli.

»Und du?«, fragt Per und sieht die Frau neugierig an.

»Irmela«, sagt die Frau.

»Du hast aber einen komischen Namen«, sagt Per.

»Du hast aber einen schönen Namen«, antwortet die alte Frau.

»Na ja, vielleicht ist deiner auch ganz schön«, meint Per. Er überlegt. »Man kann ihn auf jeden Fall singen.«

»Irmela-ha, Irme-hela«, probiert die Alte und Per setzt ein.

»Komm mal mit, Per, wir haben was zu besprechen!« Juli zieht ihn am Ärmel.

Per sieht sie groß an, mitten im besten Singen, aber Juli zieht ihn zum Supermarkt hinüber. Dort ist noch Licht, doch das Brot ist schon eingepackt und eine Verkäuferin schließt gerade die Kasse ab.

»Spinnst du?«, faucht Juli Per an. »Wenn die das Marthe weitererzählt, dass sie uns hier getroffen hat …!«

Große braune Augen schwimmen in Tränen, Pers Unterlippe bebt.

»Die ist aber nett«, sagt er.

»Die ist überhaupt nicht nett! Die ist … gefährlich!«

Die erste Träne läuft dicht an Pers Nase entlang und dieses Mal greift Jonte ein. »Ach, Quatsch, die ist total verrückt, die kannst du vergessen. Die erzählt das niemandem weiter, ist schon okay, kleiner Bruder.«

Die alte Frau ist davonmarschiert. An der Ecke vom Parkplatz hält sie an und knotet die Tüte an ihren Einkaufstrolley.

»Vielleicht ist die arm und hat keine Kleider«, sagt Per und hebt tatsächlich die Hand und winkt der Alten zu.

Die Frau winkt zurück. Dann biegt sie mit ihrer Beute in eine holprige schmale Straße ein, die von der Hauptstraße abzweigt.

»Komm, Per, wir gehen noch ein paar Blaubeeren im Wald suchen«, schlägt Jonte vor.

»Uäh. Blaubeeren«, sagt Per.

Eine Verkäuferin tritt durch die automatische Tür, um den Zeitungsaufsteller einzusammeln; gleich wird der Supermarkt schließen. Als sie den Ständer hebt, fällt das Abendlicht auf die Titelseite des Blatts: *Morgen Abend Unwetter erwartet!*

AUSSEN. STRASSE AM WALD ENTLANG - DIESE EINE SOMMERNACHT

Ein Polizeiauto fährt langsam durch die Dämmerung. Ein POLIZIST lehnt sich aus dem Fenster und leuchtet mit einer Taschenlampe zwischen die Bäume. Der Wald starrt schwarz zurück.

DREIZEHN. Klappe

Mit Seife kann man auch Unterhosen waschen. Das Problem ist nur, dass die Seife dann irgendwann alle ist. Ganz langsam rubbelt Juli ihre Unterhose an einem Uferstein. Sie hat zu viel Seife genommen. Sie müssen bald neue organisieren.

Bestimmt haben sie es früher auch schon so gemacht, zum Beispiel im Mittelalter. Bestimmt sind sie im Badeanzug (oder in so einer Art Badeanzug, denn Juli bezweifelt, dass es im Mittelalter schon Badeanzüge gab) in den See gewatet, so wie Juli jetzt, und haben im lauen Wasser ihre Unterhosen und T-Shirts wieder und wieder gerubbelt und Pers T-Shirt und kurze Hose gleich mit. Vielleicht haben sie ja gesungen dabei.

Juli wirft einen Blick in die Richtung, wo sie Per vermutet. Sie kann ihn zwar nicht sehen, denn das Ufer steht hier voller Bäume. Aber hören. Sie lächelt zufrieden. Sie braucht sich keine Sorgen um die Tiere des Sees zu machen; Fische werden wohl kaum anbeißen, wenn man rumgrölt wie Per gerade. Es ist echt Mist, dass Jonte die Angelhaken so gut vor ihr versteckt hält, sonst hätten die Fische dieses Gewässers ein noch leichteres Leben.

Bestimmt haben die Frauen von früher ihre Kleidung schließlich ausgespült. Und dann an Zweige und Äste am Ufer gehängt. Und vermutlich haben sie auch keine Wäscheklammern gehabt, weswegen die Bäume und Büsche möglicherweise auch damals schon die frisch gewaschenen Sachen abgeworfen haben wie störrische Pferde. Stöhnend sammelt Juli sie vom Boden wieder auf. Noch mal ausspülen und auswringen? Quatsch. Natur ist nicht dreckig, ausschütteln reicht.

Pers Unterhose braucht man nicht extra zu waschen, er geht ständig in ihr baden. Und dann hängt er sie irgendwo auf und hüpft nackt durch die Gegend und vergisst, *wo* er sie hingehängt hat. Es ist echt ein Wunder, dass sich die Unterhose überhaupt noch bei ihnen befindet.

Wie gut, dass das Unwetter erst für morgen Abend angekündigt ist. Bis dahin müssten die Sachen trocken sein. Juli lässt ihre Hand ins Wasser hängen.

Wie still es sein kann am Ende des Tages. Wie in einer Blase aus spätem Licht. Brummende Insekten düsen zwischen den Bäumen hindurch in alle Richtungen, als kämen sie gerade von der Arbeit und müssten schnell nach Hause, Abendessen für ihre Hummelkinder machen oder so. Aber sonst ist es still.

Das Sonnenlicht wird von den Bäumen und Büschen in Streifen geschnitten. Licht- und Schattenstreifen.

Puma »die Tonne« Hansen ist wieder verschwunden, Juli schaut sich um, aber er ist nirgendwo zu sehen. Wenigstens ist auch keine Maus zu hören und das ist nun echt rücksichtsvoll von ihm. Auch wenn sie lebendige Mäuse nicht besonders mag – tote mag sie noch weniger. Und am allerschrecklichsten findet sie es, wenn sie laut quietschend vor Puma davonlaufen.

Einen ganzen Tag ist es jetzt her, seit sie das letzte Mal Marthe gesehen haben. Yesss! Juli ballt die Faust und grinst.

Wo bleiben nur Jonte und Per?

Wenn das Unwetter ... Sie zieht die Beine an und schlingt ihre Arme um die Knie.

Hoffentlich hält das Zelt, hoffentlich ...

Pers Gesang ist verstummt, keine Weihnachtslieder kommen mehr um die Ecke geweht. Wo, bitte schön, bleiben die Jungen nur!?

In der Zwischenzeit könnte sie natürlich zum hundertfünfzigsten Mal nachschauen, ob die Wäsche schon trocken ist. Das könnte sie.

Stattdessen bleibt Juli sitzen und sieht auf den See hinaus, auch wenn es in ihrem Rücken prickelt, weil der Wald so unbeobachtet bleibt. Andererseits passt Puma dort irgendwo auf. Und vielleicht auch die Lichtblaue.

Es raschelt hinter ihr, Juli fährt herum.

Niemand ist zu sehen.

»Jonte? Per? Vergesst es! Mich könnt ihr nicht pranken!« Juli starrt angestrengt in den Wald hinein, falls die Jungen doch gleich hinter einem Baum hervorhüpfen, um sie zu Tode zu erschrecken.

Aber alles bleibt still.

Jemand anderes allerdings hat sich angeschlichen, unmerklich in Julis Kopf hinein.

WIRKLICHKEIT

Na, glaubst du mir jetzt, dass ich die besten Drehbücher schreibe?

JULI

Hallo? Das mit dem Tauschspiel war doch wohl meine Idee!

WIRKLICHKEIT

Aber ich habe dafür gesorgt, dass alles geklappt hat, du undankbare Göre!

JULI

Alles geklappt? He, hast du eigentlich gemerkt, dass dieser Typ, also Lenis Vater, von Polizei gesprochen hat?

WIRKLICHKEIT

Ich bin die Wirklichkeit.

JULI

Aber vielleicht taub oder so?

WIRKLICHKEIT

Es muss doch spannend bleiben.

JULI

Also danke, ich kann echt darauf verzichten, dass die Polizei uns sucht.

WIRKLICHKEIT

Aber es ist realistisch! Ein paar Teenies, die hier völlig allein in einem klapprigen Faltboot unterwegs sind, ohne dass jemand auf sie aufpasst, sind **nicht** realistisch. Also beschwer dich nicht.

JULI

Moment. Beim letzten Mal hast du mir etwas ganz anderes erzählt! Beim letzten Mal ...

WIRKLICHKEIT

Ja ... beim **letzten** Mal! Beim letzten Mal habe ich ein kleines Wunder eingestreut. Aber mit Wundern muss man sparsam umgehen. Merk dir das, meine Liebe. Ich bin die Wirklichkeit, ich bin das Gegenteil von Traum. Die andere Seite der Fantasie. Das, was **ist**. Das, was alle Menschen sehen.

JULI

Boah. Wie langweilig!

WIRKLICHKEIT

(grinst gehässig)

Warte mal ab ...

Als die Jungen endlich auftauchen, bringen sie Brombeeren mit, die ersten dieses Sommers.

An diesem Abend kann man nicht schlafen, denn er ist so warm, dass sogar das Feuer schwitzt. An diesem Abend tanzen die Glühwürmchen unter den Bäumen wie verloren gegangene Funken.

Juli stupst Per an. »Schau mal, das sind die Helfer der Lichtblauen, weißt du noch?«, flüstert sie ihm zu und zeigt ihm die verzauberten Lichtpunkte.

Dann aber springt sie vor Schreck beinahe einen Meter aus der Hocke in die Höhe, als Jonte sie plötzlich anfährt: »Lass das, Mann! Ich habe dir das doch schon mal gesagt!«

»Klappe!«, schreit Juli zurück. »Klappe!«

»Spinnst du?«

Sie dreht sich um. Ihre Augen brennen. Vor Wut, vor Rauch … Sie hasst es, wenn jemand sie anschreit.

»Klappe!« Sie atmet tief durch. »Und jetzt drehen wir die Szene noch mal, klar? Zum Beispiel könntest du mir bitte freundlich sagen, was ich lassen soll. Ja?«

»Dieses ewige Geschichtenerzählen sollst du lassen, Mann! Das ist doch voll bescheuert! Die Helfer der Lichtblauen …«, äfft Jonte sie nach. »So ein Bullshit! Das sind Glühwürmchen, Per, hörst du?«, wendet er sich an seinen Bruder. »Einfache blöde Käfer und nicht irgendwelche Helfer von irgendwelchen Lichtwesen!«

»Per, hast du schon mal von Peter Pan gehört? Und von Tinker Bell, der kleinen Fee, die auch im Dunkeln leuchtet?«, fragt Juli und lässt Jonte und sein wütendes Flammengesicht nicht aus den Augen.

Per aber antwortet nicht.

Er bohrt mit seinem Zeigefinger in der Erde herum und summt ›ritt durch Pommes und Salat‹ vor sich hin. Schließlich sieht er auf. Zwei Augenpaare beobachten ihn, ein grünes und ein braunes. »Wenn man ein Glühwürmchen fängt, kann man sich dann verbrennen?«, fragt er.

An diesem Abend hat Julis Welt einen Riss bekommen.

Juli sieht durch den Zelteingang zu den Sternen hoch.

Wenn man sich nur nicht so allein fühlen würde. Wie Peter Pan vor undenklichen Zeiten. Wenn man nur nicht so gerne weinen würde. Juli schluckt. Sie versucht, nicht zu laut zu schniefen. Schließlich kuschelt sie sich an Per, der leise schnarcht. Jonte dahinter kratzt sich. Dann ist wieder alles still. Doch Julis Ohren schlafen nicht. Und plötzlich kommt eine Hand von weit her und legt sich auf ihre Schulter.

Jonte redet nicht so gerne.

Es ist unheimlich, an einem Tag mit einer Unwetterwarnung aufzuwachen. Der Morgen fängt noch harmlos an, bis auf den Hunger, der sich schon wieder eingenistet hat. Es bleibt ihnen nichts anderes übrig, als erneut nach Mychen zu laufen und zu hoffen, dass Lenis Vater doch nicht der Polizei Bescheid gesagt hat. Vielleicht liegt ja irgendwo Geld auf der Straße herum. Oder ein paar Brötchen.

»Wann kommt noch mal das Unwetter?«, fragt Jonte, als er in seine Flip-Flops schlüpft.

»Wirbelsturm, Wirbelsturm, Wirbelsturm«, singt Per.

»Kennst du den *Zauberer von Oz*?«, fragt Juli Per.

»Klar. Da kommt auch ein Wirbelsturm vor.«

Jonte stöhnt.

»Genau«, sagt Juli und grinst.

Als sie den Reißverschluss des Zeltes zuzieht, ist Puma noch nicht wieder zurück. Ob er sich verlaufen hat? Vielleicht spürt er das kommende Unwetter und hat sich in Sicherheit gebracht? Katzen bringen sich doch in Sicherheit, oder?

»Puma?«, ruft Juli leise in den Wald hinein. Sie lauscht. Doch der Wald antwortet nicht. Und jetzt haut Per mit einem Stock gegen eine Tanne, dass es durch die ganze Gegend echot. »Bis nachher, Puma!«, ruft Juli. Nur so zur Sicherheit.

Diesmal nehmen sie den Waldweg. Obwohl dort eindeutig weder Brennnesseln noch Brombeeren noch Buchenschösslinge wachsen, wie Juli in Jontes Richtung anmerkt.

Ja, es ist seltsam, an einem Tag mit einem Unwetter allein im Wald zu sein. Die Vögel singen wie sonst auch. Es ist warm und stickig und der Wald riecht leicht vergammelt.

Jonte hat sich seinen alten MP3-Spieler in die Hosentasche gesteckt. Er sieht nicht nach links und nicht nach rechts, während Per mit seinem Knüppel gegen die Bäume schlägt.

»Was hörst du?«

Jonte gibt ihr den linken Ohrstecker. *»Und wir sitzen im Atomschutzbunker. Hurra, diese Welt geht unter! Hurra …«*

Juli pflückt sich den Stöpsel wieder aus dem Ohr und schüttelt den Kopf.

»Was ist?«, fragt Jonte ein bisschen zu laut. »Das ist K.I.Z. Magst du das nicht?«

»Das ist unheimlich«, sagt Juli.

»Weil die Welt untergeht? Ist doch bloß ein Lied.«

»Ja, aber ... ich habe Angst davor.«

»Warum?«

»Weil es doch sein kann, oder? Das ist eben eine von den Sachen, vor denen ich total Angst habe.«

Jonte fummelt an seinem MP3-Spieler herum. »Und wovor hast du sonst noch Angst?«

»Vor ... vor dem Tod. Und vor der Unendlichkeit. Ich finde es so schrecklich, dass etwas ›immer‹ sein kann. Oder ›nie mehr‹, weil ...« Juli schweigt. »Vielleicht, weil ich mir das nicht vorstellen kann«, sagt sie dann. »Und wenn ich es versuche, dann kommt die Angst.«

Sie sieht Jonte an. »Wovor hast du Angst?«

»Ich? Ph.« Jonte kickt einen Kiefernzapfen aus dem Weg.

»Du hast auch vor irgendwas Angst«, sagt Juli. »Vor Menschen, zum Beispiel. Warum eigentlich?«

»Weiß nicht. Weil ich nie weiß, was sie von mir denken? Weil ich nie weiß, was sie eigentlich wollen? Keine Ahnung.« Jonte hebt ein paar Zapfen auf und schleudert sie in den Wald. »Und was hörst du so für Musik?«, fragt er.

Juli überlegt. »*Thrift shop*. Das ist cool. Über Secondhandläden. Ich geh total gerne in Secondhandläden oder auf Flohmärkte. Aber ich hör auch andere Sachen ... ganz unterschiedliche Musik. Und meistens überlege ich, ob das wohl Filmmusik sein könnte. Kennst du *Thrift shop*?«

Jonte antwortet nicht, aber seine Lippen bewegen sich. Vielleicht singt er das Lied mit, das er gerade hört.

»Du machst Raps, oder?«, fragt Juli.

»Manchmal. Und du machst Videos, oder? Für Youtube oder Instagram oder was?«

Juli zuckt mit den Schultern. »Ich will Filme machen. Echte. Fürs Kino.«

Jonte zieht sich die Stöpsel aus den Ohren. »Actionfilme oder Liebesfilme oder was?«

Juli grinst. »Alles. Fantasy am liebsten. Und ich finde experimentelle Filme toll.«

Jonte zieht die Augenbrauen hoch. »Was ist das denn?«

Juli holt tief Luft. »Das sind ... besondere Filme. Die etwas Neues ausprobieren. Also mein Vater und ich haben zum Beispiel mal einen Film angeschaut, der hatte keinen einzigen Schnitt. Die haben den ganzen Film einfach so gedreht, von vorne bis hinten, ohne einen einzigen Schnitt. Die Schauspieler durften nichts falsch machen. Das fand ich total gut.« Sie überlegt. »Mama hätte mir nie erlaubt, ihn zu sehen.« Sie kichert. »Oder ... in einem anderen Film waren gleich mehrere total coole Ideen. Zum Beispiel will ein Typ Frikadellen machen. Das ist so krass. Du siehst bloß die Schüssel mit dem Frikadellenteig scharf und das Zimmer dahinter und alles andere ist unscharf. Und der Typ knetet und knetet ...« Juli knetet an Jontes rechtem Unterarm herum. »Er knetet und knetet mit seinen fast haarlosen Armen und plötzlich ...«, Juli hört auf zu kneten, »wird der Teig ... lebendig.«

Jonte ist stehen geblieben und zieht eine Augenbraue hoch. *Er* kann das nämlich.

»Und dann«, keucht Juli, »dann wehrt er sich. Und sie kämpfen.«

Sie boxt in die Luft, die sich allerdings nicht wehrt.

Wie immer.

»Und wer gewinnt?«, fragt Jonte.

Juli hört auf zu boxen. »Nicht der Teig.«

»Schade. Anders wäre es cooler.«

Jonte sieht sie so an, dass Juli einen Moment lang die Bäume beobachten muss.

»Ich würde gerne mal mit einer Super-8-Kamera filmen«, fährt sie nach einer Weile fort. »Das ist so eine ganz alte. Ich wünsche mir eine zum Geburtstag, aber die Filme sind nicht mehr so leicht zu kriegen und ...«

»Filmt dein Vater auch?«

Juli schluckt, sie schaut auf den Boden. Sie wirbelt mit den Schuhspitzen Sand auf. »Mein ... mein Vater ist vor zwei Jahren gestorben. Er hat nicht gefilmt, oder bloß mich als Baby und so. Aber er liebte Filme, er ist ständig ins Kino gegangen. Und ... Papa findet es super, dass ich welche mache. Er mag meine Filme. Er ...«

Ihre Stimme geht kaputt. Totalausfall. Vielleicht ist die Sicherung durchgebrannt.

Jonte knufft Juli in die Seite, er hält ihr einen Ohrstöpsel hin. »Hier. Ist jetzt nicht mehr K.I.Z. Ich glaube, das magst du.«

Es ist *Sometimes* von Julien Bam.

AUSSEN. EINE TANKSTELLE - DIESE EINE SOMMERNACHT

Die Tür der Tanke klemmt etwas, deshalb schreckt der ALTE MANN hoch, als der JUNGE MANN eintritt. Er lächelt nicht.

ALTER MANN

Na, endlich!

JUNGER MANN

Chill, Günter, du kommst noch rechtzeitig zum Anpfiff.

ALTER MANN

Wenn nicht, dann ziehe ich dir was vom Lohn ab.

JUNGER MANN

(lächelt, streckt die Hand aus)

ALTER MANN

(humpelt durch die Tanke, legt einen Schlüssel in die offene Hand des jungen Manns)

VIERZEHN.
Irmeladenbrot

Sie sind verschwitzt, als sie in Mychen ankommen, und Juli hat Durst. Die Gartenmöbel vor der Gärtnerei sind verschwunden. Juli kann sie durch die Glasscheiben im Inneren erkennen. Der kleine Kiosk hat den Rollladen heruntergelassen.

»Ich hab Hunger«, sagt Per trotzig.

»Alter!«, stöhnt Jonte.

Der Supermarkt liegt in der prallen Sonne, der Asphalt auf dem Parkplatz ist ganz weich. Per pikst mit seinem Stock kleine Krater hinein.

»Möglicherweise liegt in dem Container dahinten ja noch was Brauchbares herum. Manche Supermärkte schmeißen Sachen weg, die noch gut sind«, sagt Jonte.

»Pff«, macht Juli.

In dem Container welken Salat und Möhrengrün vor sich hin, dazwischen liegen ein paar Joghurts mit aufgestochenen Deckeln. Es stinkt nicht zu knapp. Sie klappen den Container wieder zu.

»Meine Mutter hat erzählt, dass sie früher mit ihrem Bruder mal einen Schokoladenweihnachtsmann im Regal ein bisschen zu kräftig gedrückt hat. Und dann sind sie mit dem Weihnachtsmann zur Kasse gegangen und haben gefragt, ob sie den billiger kriegen, weil er kaputt ist«, sagt Juli.

Jonte schnaubt. »Es gibt aber im Moment keine Weihnachtsmänner.«

»Das tut man außerdem nicht«, ruft Per. »Das sagst du sonst auch immer. Und Mama und Papa sagen das auch!«

Jonte seufzt tief. »Vielleicht finden wir drinnen ja etwas, bei dem das Haltbarkeitsdatum abgelaufen ist«, sagt er. »Und dann geben die das umsonst ab.«

»Was für ein Datum ist denn heute?«, fragt Juli interessiert.

»August«, sagt Jonte.

»Komm, wir probieren es.« Juli schiebt ihn Richtung Automatiktür. Er wehrt sich nur wenig, vermutlich ist er schon ganz schwach vor Hunger.

Der kleine Supermarkt ist jedoch leider ungewöhnlich gründlich. Es gibt ein Regal, in dem man Mehl, Waffeln, Dosensuppen und noch ein paar andere Dinge billiger bekommt, weil ihr Haltbarkeitsdatum demnächst abläuft.

Aber billiger ist auch Geld.

»Da ist die Alte wieder«, flüstert Jonte plötzlich.

»Wer?«, flüstert Juli zurück.

Doch dann fällt sie ihr auch auf. Groß und schlank ist sie und trägt immer noch dieselbe Bernsteinkette. Und immer noch keine Schuhe.

Die alte Frau steht vor dem Regal mit dem Katzenfutter. Jetzt geht sie in die Knie und legt etwas in ihren Korb.

»Die ist nett«, sagt Per und sieht Jonte böse an.

»Die ist total merkwürdig«, sagt Jonte.

»Keine Ahnung«, sagt Juli.

In diesem Moment sieht die Frau zu ihnen herüber. »Hallo, Per-mit-dem-schönen-Namen!« Sie winkt.

Per strahlt. »Hallo, Irmeladenbrot!«, sagt er.

Die Frau steht ächzend auf. »Weißt du was«, sagt sie, »ich habe zu Hause einen großen Hirse-Gemüseauflauf im Ofen. Und selbst gebackenes Brot. Und Schokoladeneis im Kühlschrank. Das kann ich nie im Leben allein aufessen. Und da dachte ich mir: ob wohl mein Freund Per mir dabei helfen könnte?«

Jonte neben Juli wird blass. Juli spürt, wie er einen Schritt zurückweicht. Per aber schiebt eine kleine, kühle linke Hand in Julis rechte.

Die Frau nickt zu Jonte und Juli herüber. »Du kannst deine finster aussehenden Geschwister oder Freunde auch gerne mitnehmen. Sie sind herzlich willkommen, es ist genügend da.«

Sie stehen wie erstarrt, Jonte, Juli, sogar Per.

Die Alte aber dreht sich wieder zum Tierfutterregal um. »Wo zum Kuckuck haben sie wohl das Vogelfutter versteckt?«, murmelt sie. Ein bunter Fransenbeutel baumelt an ihr herab.

Und in diesem Moment knurrt Pers Bauch so laut, dass sich mehrere Leute im Supermarkt nach ihnen umdrehen.

Es ist schwül, der Himmel liegt auf der Erde wie eine riesige Milchglasplatte. Vorne ziehen Per und die merkwürdige Irmela gemeinsam den Hackenporsche und singen lauthals: »Sankt Martin ritt durch Pommes und Salat ...«

»Die ist doch nicht mehr normal, oder?«, flüstert Jonte Juli zu.

»Keine Ahnung«, wispert Juli zurück. »Aber mein Papa hat

immer gesagt: Normal gibt es gar nicht. Das denken nur die Leute ohne Fantasie.«

Der Weg führt erst an einem grauen Haus mit lauter quadratischen Fenstern vorbei, dann an zwei Neubauten mit leeren Gärten, in denen nichts als Plastikrutschen und Bobbycars in der Sonne verbleichen, und schließlich in den Wald. Dort allerdings gehen die Wegplatten verloren und machen Reifenspuren Platz, die aussehen, als stammten sie von einem Geländewagen.

Jedenfalls behauptet das Jonte.

Der Waldweg ist schattig und angenehm kühl nach all dieser Hitze. Jonte sieht sich immer wieder um.

»Ich finde die irgendwie cool«, sagt Juli.

Jonte runzelt die Stirn. »Das ist doch nicht cool, wenn man so verrückt ist.«

»Aso? Und was ist dann cool? Ist es etwa cool, wenn du ... keine Ahnung ... die Klamotten trägst, die alle tragen, oder wenn du nur die Musik aus den Charts hörst? Voll Mainstream!«

»Nein. Es sind schon die Typen cool, die irgendwie ... Trendsetter sind oder so. Ich weiß nicht.« Jonte wirft Irmela einen missmutigen Blick in den Rücken. »Die da ist aber *zu* Trendsetter«, murmelt er.

Der Einkaufstrolley quietscht und holpert über die Buckel und durch die Dellen des Weges und scheint dabei gerne mal ein Rad zu verlieren, weswegen Irmela zwischendurch immer wieder kurz anhalten und mit ihrem nackten Fuß dagegen treten muss. Per und Irmela unterhalten sich offensichtlich bestens und sie dringen dabei immer tiefer in den Wald ein.

»Wie Hänsel und Gretel.« Juli grinst. »Bloß dass diese Hexe den Kindern vorher auch noch den Weg zeigt.«

»Gibt es hier überhaupt noch Häuser?«, murrt Jonte.

»Vielleicht wohnt sie ja auch in einer Höhle«, sagt Juli und kichert.

Links am Wegrand stehen die Tannen so dicht nebeneinander, dass auf dem Boden zwischen ihnen nichts wächst als alte Nadeln und Dunkelheit. Der Wald riecht anders hier, trockener und würziger. Julis Haut prickelt.

Sie biegen ab, sie biegen ab und sie biegen nochmals ab, mal nach rechts, mal nach links. Oder andersherum. Einmal steht an der Kreuzung ein Wegweiser und einmal nicht. Vielleicht sind diese Wege ja auf Jontes Karte eingezeichnet. Aber wie Juli die Karte kennt, eher nicht.

Irmela und Per singen Weihnachtslieder. Es sieht ganz so aus, als hätte Per endlich jemanden gefunden, der seinen Musikgeschmack teilt. Sie sind gerade bei »Leise rieselt die Vier ... auf das Zeugnispapier« angekommen, als ein Stück abseits des Weges, dort, wo einige Birken sich zwischen die Nadelbäume geschmuggelt haben, ein grünes verschnörkeltes Eisentor auftaucht.

Es ist ein einsames Tor ohne Zaun rechts oder links, und es sieht aus, als habe es jemand versehentlich hier angeliefert und anschließend vergessen.

Juli legt den Kopf schief. »Sind die Tore hier in der Gegend eigentlich alle so schräg?«

Irmela aber bleibt davor stehen und fängt an, in ihrem bunten Fransenbeutel herumzuwühlen, während sie »Fünfen und Sechsen dazu« trällert.

»Sag nicht, dass sie das jetzt aufschließen will«, brummt Jonte und sieht sicherheitshalber nach, ob sich nicht doch irgendwo im Wald ein Zaun versteckt.

Es ist tatsächlich ein Schlüssel, den die alte Frau aus ihrer Tasche zieht. Sie steckt ihn in das Schloss. »Freue dich, sitzen bleibst duuuuu!«, schmettert sie, während der Torflügel zur Seite schwingt.

»Na, jedenfalls ist es einfach, von hier wieder abzuhauen«, sagt Jonte leise. »Falls doch die Polizei auftaucht, meine ich.«

Juli hält Jonte fest. »Und wenn sie einen Hund hat?«, wispert sie.

»Glaub ich nicht«, wispert Jonte zurück. »Der wäre doch schon längst hier.«

»Und wenn sie ihn irgendwo eingesperrt hat?«

»Frag sie doch!«

Juli rollt den Saum ihres T-Shirts zwischen ihren Fingern hin und her. Sie räuspert sich. »Haben Sie vielleicht ... einen Hund?«

Irmela dreht sich zu Juli um. »Hast du Angst vor Hunden?«, fragt sie, und als Juli nicht antwortet: »Nein. Und zwar aus drei Gründen.« Und dann beginnt sie, ihren Einkaufskarren den grasüberwachsenen Weg entlangzuziehen, der hinter dem Tor beginnt.

»Welchen Gründen denn?«, ruft Juli ihr nach.

Hinter ihr schließt Jonte kopfschüttelnd das Tor.

»Das wirst du gleich sehen«, kommt es von vorne.

»Was meint sie bloß damit?«, fragt Juli Jonte, aber der wirft wachsame Blicke zwischen die Bäume und Büsche und schweigt vor sich hin.

Juli wüsste gerne, woran er denkt. Sie wüsste immer gerne, woran er denkt, wenn er sich so in sich selbst verzieht. Sogar sein Blick ist nach innen geklappt.

Und da stürzt aus dem glasigen Himmel ein Schatten herab, und Juli schreit so spitz und schrill, wie sie noch nie in ihrem Leben geschrien hat.

Schatten von oben. *Die Vögel* – der Film, den Papa ihr nie erlaubt hat zu sehen, nur erzählt hat er davon. Aber sie will ihn gar nicht kennen. Papa hat bestimmt einen guten Grund gehabt, ihn ihr zu verbieten.

Später ... irgendwann.

Trotzdem hat sie von ihnen geträumt, von den Vögeln, so oft. Das erste Mal, nachdem ... Es war spätabends, vielleicht schon nachts. Sie konnte nicht schlafen, war noch einmal aufgestanden, um Pipi zu machen und sich etwas zu trinken zu holen. Sie hatte gedacht, dass Papa und Mama noch einen Film ansehen würden im Wohnzimmer, weil der Fernseher dort flackerte.

Aber es war ganz still und das war merkwürdig. Sie hatte sich angeschlichen, damit Mama und Papa nicht merkten, dass sie noch wach war.

Mama war schon ins Bett gegangen. Nur Papa saß dort in seinem Fernsehsessel, auf den er so stolz war, weil er doch so ein teures Designerstück war.

Nur Papa ... und der Vogel.

Die DVD, die Papa sich angesehen hatte, war an einem Kratzer hängen geblieben. Dort war ein großer Raubvogel, vielleicht ein Adler oder so, zu sehen. Juli schaute zu, wie dieser Adler vom Himmel fiel, wie er seinen Schnabel aufriss, um einen lautlosen Schrei auszustoßen, und sich dann in Nahaufnahme auf irgendetwas stürzte. Auf was, das konnte sie nicht erkennen, weil der Kratzer auf der DVD genau in diesem Moment die Szene wiederholte: Wieder fiel der Adler vom Himmel, wieder der schreckliche stumme Schrei, die Nahaufnahme.

Und Papa schlief.

Juli schlich sich näher und dann wurde ihr ganz kalt. Sie hatte ihn noch nie so gesehen. So weit von allem entfernt. Er war blass und ein dünner Speichelfaden floss aus seinem Mund. Seine Augenlider waren ganz dunkel.

Sie hatte damals schon gefühlt, dass etwas nicht stimmte. Sie hatte sich nicht getraut, ihn anzufassen. Stattdessen hatte sie sich umgedreht und war gerannt, um Mama zu holen.

Damals hatte Papas Krankheit begonnen.

Seither hatte sie immer wieder von dem Adler geträumt, doch jetzt wusste sie, wen er angriff: Papa.

Und sie konnte ihm nicht helfen.

Im Laufe der Zeit waren weitere Vögel in ihren Träumen dazugekommen, ein ganzer Schwarm. *Die Vögel.*

Sie alle taten Papa etwas Böses an, aber Juli wusste nie, was.

Jetzt jedoch, genau hier und jetzt kommen sie zurück – die Vögel, nur dieses Mal in der Wirklichkeit. Und Papa …

Juli steht ganz still.

Der Schatten landet vor Jontes Füßen und es ist wirklich ein Vogel, ein schwarz-weißer. Ein zweiter folgt, ein dritter.

Elstern.

Eine von ihnen legt den Kopf schief und pickt nach Jontes Flip-Flops. »He!«

Juli ist so kalt. Sie ist ganz blass gefroren, so stürmisch ist es in ihrer Seele. Sie sieht, wie Irmela auf Jonte zustapft und mit den Armen wedelt. Sie guckt und sieht doch nichts, die Bilder bleiben einfach in ihren Augen stecken.

»Lass das Picken, Sylvester!«, schimpft Irmela.

Die Elstern flattern auf und endlich erwacht Juli. Sie reißt die Hände über den Kopf, ihre Kehle ist rau, sie muss schon einmal geschrien haben.

Zwei der Vögel lassen sich auf einem Ast nieder und schimpfen zu Irmela hinunter, einer aber landet auf Irmelas Schulter. Und ziept an ihren Haaren.

»Das ist Grund eins gegen einen Hund«, sagt Irmela und krault die Elster am Kopf. »Sylvester, Pina und das hier ist Staatsanwalt. Ich weiß nicht, wie sie sich mit einem Hund vertragen würden. Ihr braucht übrigens keine Angst vor ihnen zu haben.« Sie wirft Juli einen langen Blick zu, aber Juli bemerkt ihn kaum.

Sie ist immer noch anderswo; weit entfernt von diesem grasigen Weg, auf einer ganz anderen Seite der Welt. Zuerst muss sie die Gedanken, all diese schrecklichen Gedanken wieder einsammeln. Sie muss sie wieder einsperren und das kann eine Weile dauern, das kennt Juli schon. Sie nickt jemandem zu, vielleicht Irmela, sie trabt zwischen den anderen weiter, sie spürt kaum die Distel, die an ihrem Knöchel kratzt.

Der Weg macht eine leichte Kurve. Dahinter wartet ein Haus. Ein kleines weißes, zweistöckiges Haus mit grünen Fensterläden und einem Windfang. Juli atmet tief ein und aus, sie bewegt die Finger, die Kälte weicht, die Taubheit. Auf der Wiese vor dem Haus stehen drei merkwürdige Gegenstände, sie sehen aus wie aus alten Fahrrädern gebaut. Als Juli näher kommt, erkennt sie, dass sie tatsächlich aus rostigen Fahrradteilen zusammengesetzt sind – Lenker, Räder ... Wahrscheinlich sollen sie Menschen darstellen. Jedenfalls sind sie voller Vogelkacke. Zu den Figuren führen schmale Wege, die jemand in das hohe Gras gemäht hat. Auf den Wegen wachsen Gänseblümchen. Und dort steht auch ein Kasten aus Holz mit vielen eng gespannten Metallsaiten daran.

»Was ist das denn?«, fragt Jonte interessiert.

»Eine Äolsharfe.« Irmela spricht das Wort sehr ordentlich aus, alle Vokale sorgfältig voneinander getrennt.

Juli wirft einen Blick zu Jonte hinüber. Nicht, dass er so aussähe, als sei er jetzt irgendwie schlauer.

»Eine Windharfe«, erklärt Irmela. »Ich bin Künstlerin, und ich liebe es, hier mit den Elementen zu leben, wisst ihr? Mit dem Wind, dem Wasser, dem Feuer und der Erde. Ich möchte sie hören und fühlen ...«

Juli aber hört nicht mehr zu, denn dort, vor dem Windfang, wartet Grund Nummer zwei gegen einen Hund. Julis Herz fängt an zu hämmern. Das kann doch nicht sein, wie ...?

Juli rennt. Sie rennt wie in Zeitlupe. Rennt sie durch hohes Gras? Spürt sie die Brennnesseln nicht? Oder rennt sie durch einen lichten Buchenwald mit Sonnenflecken auf dem Boden?

Er sitzt auf der Schwelle in der Wärme und sieht ihr entgegen mit halb geschlossenen Augen. Löwenaugen.

»Aslan«, flüstert Juli, als wäre er die Rettung vor all ihren Gefühlen und Erinnerungen. Und dann nimmt sie den hässlichsten Kater der Welt in die Arme, als wolle sie ihn nie, nie wieder loslassen.

»Ja, er ist wirklich enorm hässlich«, gibt Irmela zu und kramt ein weiteres Mal in ihrem Beutel. »Aber dieser Kater hat einen Charakter, so etwas findest du nicht noch mal unter tausend Katzen. Ich bin mir beinahe sicher, dass er in seinem vorherigen Leben ein Mensch war.«

»Gehört er Ihnen?«, fragt Juli, den Kopf auf der Katerstirn.

»Andersherum«, sagt Irmela. »Ich bin einer von seinen Menschen. Er besucht mich regelmäßig und wir haben so unsere Rituale. Hat er dich etwa auch adoptiert?«

Juli sieht Puma in die Augen. Was nicht einfach ist, weil man ja nie weiß, in welches man schauen soll. Ja, er hat sie adoptiert. Das fühlt sie gerade ganz genau.

»Und was ist Grund Nummer drei?«, erkundigt sich Jonte.

»Grund Nummer drei?«, fragt Irmela verblüfft und versucht mit zusammengekniffenen Lidern, den Schlüssel in das Schlüsselloch zu versenken.

»Ja, Sie haben gesagt, es gibt drei Gründe gegen einen Hund.«

»Ach so, Grund Nummer drei!« Irmela lächelt. »Grund Nummer drei ist: Ich habe Angst vor Hunden.« Und damit öffnet sie die Tür.

»Ich weiß nicht, wer das Haus gebaut hat. Vielleicht ein Förster. Oder jemand, der gerne im Wald lebt«, sagt die alte Frau. »Aber eines Tages habe ich es zum Glück gefunden.«

»Wie praktisch für das Haus«, murmelt Juli.

Sie blickt sich bewundernd um. In dem kleinen Windfang hängen überall Fotos, hauptsächlich von Bäumen und viele in Schwarz-Weiß. Auch einige von Menschen, darunter eines, das aussieht, als sei Irmela selbst darauf zu sehen, bloß in viel jünger. Ein kleines Tischchen steht an der Wand mit einem uralten schwarzen Telefon darauf, so eines mit einer Wählscheibe. Dort steht auch eine getöpferte Schale, die bis oben hin mit glatten, runden Halbedelsteinen gefüllt ist. Als Per an ihr vorbeigeht, streift er mit den Fingerspitzen darüber.

Irmela lächelt. »Die Elemente«, sagt sie zu ihm. »Erde.«

»Die hat echt einen Vogel«, haucht Jonte hinter ihr.

»Nee. Mehrere!«, haucht Juli zurück und kann schon wieder grinsen, als sie sein Gesicht sieht.

Auch im Wohnzimmer hängen Bilder an den Wänden, viele zeigen Kreise, ineinandergestapelt wie Zwiebelschalen, in immer neuen Farben, mal grün, grau und lila, mal braun und blau. Dieses kleine Haus scheint ganz aus Bildern gebaut, die Mauern stehen nur aus Versehen im Hintergrund. Ein schwarzer Ofen wohnt ebenfalls hier und ein Sofa, das so blau ist, dass es geradezu Strahlen aussendet, aber da es ja in Irmelas Haus steht, handelt es sich wahrscheinlich um Erdstrahlen; andere wird sie in ihrem Haus nicht erlauben. Neben dem Sofa steht in einem riesigen Blumentopf eine Zimmerfeige. Irmela kann wohl gar nicht genug von Bäumen bekommen. An der Wand gegenüber zerteilt eine alte Standuhr die Zeit gemächlich in lauter genau gleiche Stückchen. Außerdem haben sich in Irmelas Wohnzimmer unzählige Teppiche verabredet, und das, obwohl diese Teppiche bestimmt alle unterschiedliche Teppichsprachen sprechen, so verschieden, wie sie aussehen.

Dafür wirken die wenigen Holzdielen, die nicht von Teppich bedeckt werden, so als sollte man lieber nicht barfuß darüber laufen, wenn man nicht gerade auf besonders fiese Splitter in den Füßen steht. Doch das scheint Irmela nicht zu stören. Oder ihre Fußsohlen sind auch aus Holz. Oder aus Stahl.

Kurz: Es sieht phänomenal gemütlich aus.

Puma kommt hereinstolziert, springt auf das Strahlensofa, schnurrt wie ein Traktormotor und braucht mehrere Anläufe, um sich zusammenzurollen. Schließlich legt er sich ein Vorderbein über das nach oben weisende Ohr und will offensichtlich nicht mehr gestört werden.

Von der Decke hängt eine Kupferschale. Ein Pendel schwebt kopfüber darüber und berührt mit seiner Spitze gerade den Sand in der Schale.

»Auch wieder Erde?«, fragt Juli.

Irmela schüttelt den Kopf. »Schöne Muster«, sagt sie und stößt die Schale leicht an. Sie schwingt sacht hin und her und die Spitze des Kegels zeichnet ein Mandala in den Sand.

»Nein, Per, *du* darfst das nicht«, zischt Jonte seinem kleinen Bruder zu.

Irmela sieht Jonte an. »Doch, er darf das schon. Er darf alles in meinem Haus ansehen und berühren. Solange er Achtung vor den Dingen wie vor den Lebewesen zeigt.«

Jonte wirft Per einen langen Blick zu.

Per wirft den Blick zurück.

»Darf ich auch etwas essen?«, fragt er.

»Nur, wenn er Achtung vor dem Essen hat«, flüstert Jonte Juli zu.

Aber dann dürfen sie alle etwas essen.

AUSSEN. WALD - DIESE EINE SOMMERNACHT

Split screen, also geteilte Leinwand.

LINKS:
Das MÄDCHEN rennt immer noch durch den Wald. Es sieht ziemlich erschöpft aus. Es schaut weder nach rechts noch nach links, also in keine Richtung außer nach vorne.

RECHTS:
Ein Polizeiauto fährt langsam eine Straße entlang. Ein Waldweg biegt davon ab, davor ist eine rot-weiße Schranke, man sieht sie kurz im Taschenlampenlicht aufleuchten. Dann ist das Auto vorbei. Aus dem Off hört man die ganze Zeit das Mädchen keuchen und sein Herz schlagen.

FÜNFZEHN. Sturm

»Die Tiere merken es«, sagt Irmela und verscheucht ein paar Fliegen vom Küchentisch.

»Was?«

»Dass ein Unwetter kommt.« Irmela schneidet Jonte noch eine Scheibe von dem frischen Körnerbrot ab. Sie schaut durch die Küchentür hinaus, die weit offen steht und backofenwarme Luft hineinlässt. »Zum Kuckuck!«, schreit Irmela und rennt in den Garten, wo eine Elster dabei ist, die Wäscheklammern von der Bettwäsche auf der Leine zu ziehen.

An Julis Bein aber reibt sich ein Katerkopf. Lächelnd bückt sie sich und zieht den dazugehörigen Katerkörper auf ihre Knie. »Jonte, meinst du, das Zelt kommt mit einem Unwetter klar?«, fragt sie.

»Logisch«, erwidert Jonte und bohrt mit dem Brotmesser in einem Loch des alten, zernarbten Tisches herum. »Ist doch dicht, das Zelt.«

»Was das wohl für ein Unwetter ist?«

»Öh. Vielleicht ein Schneesturm?«

»Haha. Aber wenn es echt ein Wirbelsturm ist, Jonte? So, wie Per gesagt hat?«

Jonte bohrt schweigend weiter. »Wird schon nicht so schlimm werden«, murmelt er.

Irmela kommt zurück, die Wäsche auf dem Arm. »Wo ist denn mein kleiner Freund?«, fragt sie und sieht sich nach Per um.

Das ist eine gute Frage.

Sie finden ihn draußen, mitten zwischen den Elstern, einen Rest Brot zwischen den Fingern. Juli bleibt in der Eingangstür stehen. Eine Elster sitzt auf Pers Schulter und wühlt in seinen Haaren, wie sie es zuvor bei Irmela gemacht hat. Eine andere pickt an Pers Schuh herum, vielleicht ist es der Staatsanwalt. Per strahlt, obwohl die Elster auf seiner Schulter hin- und hertrippelt und immer wieder die Flügel ausbreiten will.

Irmela taucht hinter Juli auf. »Der Staatsanwalt kann sogar apportieren!«, ruft sie Per zu. »Das hat er sich von einem Hund abgeguckt.«

Sie bückt sich, hebt einen kleinen Zweig auf und wirft ihn ein paar Meter weit von sich fort. Und wirklich hört der Vogel an Pers Fuß auf zu picken und stürzt sich auf das Stöckchen. Hüpfend bringt er den Zweig zu Irmela und lässt ihn sich aus dem Schnabel nehmen. Dann sieht er sie auffordernd an.

»Fehlt nur noch, dass er mit dem Schwanz wedelt«, murmelt Jonte erschüttert.

Irmela sieht zum Himmel auf. »Meine Güte, da kommt es ja schon.«

»Was denn?«

»Das Unwetter natürlich. Seht euch mal die Wolken an!«

Und das tut Juli. Uh, der Himmel, weit über den Bäumen, ist beinahe schwarz.

»Schlaft ihr in einem Zelt?«, fragt Irmela und dreht sich zu Juli und Jonte um.

»Ja«, sagt Juli und beobachtet die kochenden Wolken.

»Heute Nacht besser nicht«, sagt Irmela auf dem Weg ins Haus. »Ihr könnt bei mir bleiben.«

Juli sieht zu den Bäumen hinüber. Dahinter warten die Zeltgerüche, das Glucksen des Sees, das Flüstern des Schilfes. Wartet Schwimmen im dunklen Wasser, die leisen Küsse der Pflanzen an den Füßen. Oder der winzigen Fische ...?

Schwarz sind die Wolken darüber, lila der Himmel. Die letzten Sonnenstrahlen lassen das Gras grün glühen; gleich wird die Sonne erstickt werden, für eine lange Zeit.

»Wir schlafen im Zelt«, sagt Jonte neben ihr kurz.

Die Wolken über den Bäumen wachsen.

»Beim letzten Unwetter«, sagt Irmela, »lagen auf der Straße durch den Wald so viele umgerissene Bäume, dass ich tagelang mein Fahrrad nicht benutzen konnte; bis der Förster mir einen Weg freigesägt hatte.« Sie dreht sich zu Per um. »Zeit, hereinzukommen. Du kannst morgen mit ihnen weiterspielen. Sie freuen sich auf dich.« Zu Juli und Jonte sagt sie leise: »Damals hat es eine Camperfamilie erwischt. Man hatte sie gewarnt. Es war mitten im Sommer und sie wollten ihren Platz am See wohl nicht aufgeben. Sie wollten die ganzen Ferien dort bleiben. Man hat einen wundervollen Ausblick über das Wasser von dort und eine herrliche kleine Badestelle.« Sie seufzt.

»Was ist ... ihnen passiert?«, fragt Juli.

Die alte Frau zuckt mit den Schultern. »Ein Baum. Eine riesige alte Buche, von der niemand gedacht hätte, dass sie fallen könnte. Das Loch, das ihre Wurzeln gerissen haben, ist heute noch zu sehen.«

Julis Hals wird eng. »Waren sie im Zelt?«

Irmela sieht Juli an. »Nein. Sie hatten eines von diesen gigantischen Wohnmobilen. Es war Nacht und sie schliefen. Die Eltern und zwei kleine Mädchen ...«

Sie sagen beide nichts. Weder Juli noch Jonte.

»Wenn ein Baum auf die *Fluch der Karibik* kracht, bringt mein Opa mich um«, stellt Jonte schließlich fest.

Ein Windstoß fährt durch die Birken und peitscht das Gras vor Irmelas Haus zu Boden. Draußen ertönt ein großes Klagen wie ein wildes Tier in Not.

Jetzt kommt Per. Er rennt, er wirft sich in Julis Arme. Juli hält den zitternden Jungen fest, als der einsame, klagende Ton ein weiteres Mal durch die Bäume klingt, dass einem das Blut in den Adern gefrieren könnte.

Irmela aber streicht Per über den Kopf.

»Du musst keine Angst haben, kleiner Per. Das ist nur die Windharfe«, sagt sie.

»Oh, Mann«, stöhnt Juli. Das Ding hatte sie ganz vergessen.

Wieder fällt der Wind über die Bäume her, über das kleine Haus und die Harfe.

Irmela schiebt sie hinein, mit ihnen wirbeln Sand und Blätter ins Haus und ein paar Vogelfedern. Drinnen heult es im Kamin.

Die alte Frau drückt die Tür fest zu. »Stürme müssen draußen bleiben«, erklärt sie.

Per sieht zur Tür zurück. »Und ... und Sylvester und Pina und Staatsanwalt?«, fragt er ängstlich.

»Oh, die bringen sich in Sicherheit«, sagt Irmela leichthin. »Die wirst du morgen wiedersehen.«

Puma reckt sich auf dem Sofa, als sie ins Wohnzimmer kommen. Es ist dunkler geworden im Haus, ein merkwürdig staubiges Licht.

»Ich mache uns mal einen Kakao«, schlägt Irmela vor. »Wenn draußen die Welt untergeht, braucht man drinnen etwas Warmes. Kakao und Licht – und später, wenn die Luft kühler ist, vielleicht ein Feuer im Ofen?«

Sie zwinkert Per zu und der quietscht vor Begeisterung.

Juli streichelt Puma. Sein Schnurren ist wie heiße Schokolade in den Ohren.

Wieder ein Windstoß. Und diesmal rappelt sogar die Haustür.

Ungerührt tickt die alte Uhr, aber Irmela kommt aus der Küche gerannt. »Nicht jetzt!«, ruft sie. »Nicht ausgerechnet jetzt!« Und dann stürzt sie zum Eingang, als sei sie nicht ungefähr siebzig, sondern sieben.

»Was war das denn?«, fragt Juli und reckt den Hals, um ihr nachsehen zu können.

»Jedenfalls nicht der Wind«, sagt Jonte. Und dann werden seine Augen weit.

Schatten huschen über den Ponyhof, die Schwalben fliegen wieder einmal tief. Ein paar Hühner hocken unter einem Baum, es ist total schwül.
Aber MARTHE singt.
Sie singt, während sie Svartur, den Schwarzen, mit dem Gartenschlauch abduscht und auch während sie den Hof fegt.

Und zwar »Und der Haifisch, der hat Zähne«. Jedenfalls **denkt** sie, dass sie das singt. Man muss sich aber ziemlich anstrengen, um es zu erkennen. Singend geht sie in das herrlich kühle Haus.

MARTHE

Man muss einfach nur wissen, wen man anruft, gute Kontakte sind alles.

Sie marschiert in die Speisekammer, sie hat so viele Menschen angerufen. Aber weil sie gestern endlich die richtige Person erwischt hat, kann sie heute zu Hause bleiben. Sie holt Kartoffeln und Möhren und Zwiebeln aus der Speisekammer. Und zwei Dosen mit Linsen.

MARTHE

Mychen also. Mychen, morgen frühchen.
(grinst, murmelt)
Linsensuppe, hatte Jana doch gesagt ...

Marthe möchte nämlich ein guter Gewinner sein.

Es ist ein Mann. Der nächste Windstoß schiebt ihn durch die Haustür. Draußen schweigen die Vögel. Die Luft ist flüssig geworden, man kann sie kaum noch atmen.

Der Mann sieht aus wie ein Kind, mit diesem stillen Gesicht und grauen langen Haaren, nur der Anzug passt nicht dazu.

Er sieht aus, als wüsste er gar nicht, wo er ist, obwohl er doch gerade noch an die Tür geklopft hat. Irmela hält ihn an der Schulter fest und bürstet ihm mit der rechten Hand einige tote Blätter aus den Haaren und von der Schulter.

»Was machst du denn hier, Oskar?«, fragt sie mit weicher Stimme. »Bist du wieder ausgerissen?«

Der Mann streckt die Hand aus und streichelt Irmela ganz sanft über die Wange. Er sagt gar nichts, aber er sieht sich um und da entdeckt er Jonte, Juli und Per. Draußen singt die Windharfe ihr klagendes Lied.

Juli spürt, wie Jonte neben ihr erstarrt. Du!, denkt sie. Wie kann es nur sein, dass ausgerechnet er hier auftaucht?

»Das sind Jonte, Juli und Per«, sagt Irmela. »Die übernachten heute bei mir.«

»Kinder«, sagt der Mann. »Viele kleine Kinder.« Sein Blick gleitet an Jonte vorbei, als sei er nur eines von Irmelas Kunstwerken.

»So klein nun auch wieder nicht«, murmelt Juli empört.

Plötzlich aber wird der Blick des alten Mannes doch wieder wach. Jetzt haken sich seine milchigen Augen fest. Er starrt einen an, nur einen von ihnen.

»O nein, Oskar, nicht schon wieder«, ächzt Irmela neben Juli. »Möchtest du einen Kakao?«, fragt sie den alten Mann laut. Sie schiebt ihn in Richtung Küche, ohne seine Antwort abzuwarten.

Bevor die Tür hinter ihnen zufällt, dreht Oskar sich noch einmal um. Sein Blick sucht Jonte. Diesmal findet er ihn jedoch nicht, denn Jonte hat sich hinter die Wohnzimmertür geschoben.

Warum hat er bloß Angst vor dem Mann? Man kann doch sehen, dass er ein bisschen verrückt ist.

Jonte faltet Irmelas Wäsche, die auf dem Sofa liegt. Er faltet und faltet.

»Warte, ich helf dir«, sagt Juli.

Als Irmela zurückkommt, legen Jonte und Juli gerade das letzte Laken zusammen.

»Oskar kenne ich schon lange«, erklärt Irmela. Ihre Stimme ist immer noch so weich, als rede sie zu einem kleinen Kind. »Ihr braucht keine Angst vor ihm zu haben. Er lebt ein bisschen ... in seiner eigenen Welt. Er riecht auch ein wenig komisch, ich weiß, aber er ist vollkommen harmlos.« Sie seufzt und sieht sich nachdenklich um. »Könnt ihr drei wohl hier im Wohnzimmer schlafen?«, fragt sie. »Dann quartiere ich Oskar oben im Gästezimmer ein. Ich kann ihn ja heute Nacht unmöglich nach Hause schicken.«

Plötzlich ist das Tageslicht wie ausgeknipst. Und nun wetterleuchten die ersten Blitze über dem Wald.

Juli setzt sich zu Per auf Irmelas Sofa, das in der Mitte durchhängt wie eine Hängematte, und legt beide Arme um seinen Kopf.

Jetzt kommt der erste Donner und will das Haus zerreißen.

»He, hier ist doch drinnen«, flüstert sie Per schnell zwischen zwei Donnern zu. »Hier findet uns das Gewitter nicht.«

Und trotzdem erschaudert auch sie, als die windgeschüttelten Bäume draußen erneut aufleuchten. Genau in diesem Moment, mit Per im Arm, fühlt Juli sich so alt. Mindestens wie fünfzig. Dass man immer so viel Alter mit sich herumschleppen muss! Man ist ein bisschen dreizehn und ein bisschen sieben und gleichzeitig so furchtbar erwachsen.

Draußen fallen die ersten Tropfen, schwer wie Elefanten, der Regen beginnt. Oder vielleicht die Sintflut, das kann man jetzt noch nicht sagen. Der Wind aber lässt nicht nach, stattdessen wird er stärker, immer stärker. Die Temperatur fällt, es wird so kühl, dass Juli fröstelt. Per hat die Arme und Beine angezogen, ein kleines, zitterndes Bündel auf dem Sofa neben ihr. Sie zieht ihn ganz eng an sich heran und gemeinsam sehen sie dem Unwetter zu.

»Weißt du, ich glaube, die Lichtblaue ist immer noch da draußen«, wispert sie ihm zu. »Nur, um uns zu beschützen, kämpft sie hoch oben in den Wolken mit Regen und Sturm.«

Per sieht zu Jonte hinüber. Jonte aber hat nichts gehört; Irmela hat ihm eine Landkarte gegeben, die deutlich neuer aussieht als die von seinem Opa. Sein Zeigefinger wandert über Straßen und Flüsse, die es wirklich gibt, hat Irmela versichert. Er ist auch in einer anderen Welt, wie Oskar, weit fort von Gewittern und solchen Dingen.

Irmela kommt herein und trägt Bettzeug auf dem Arm. »Ich habe Oskar nach oben gebracht, er war so müde«, sagt sie. »Und ihr braucht wirklich keine Angst vor ihm zu haben.«

Jonte zuckt nicht, er schaut auch nicht hoch. Vielleicht hat er überhaupt nichts gehört.

Irmela legt das Bettzeug neben Per auf das Sofa. »Zwei schlafen auf dem Sofa, man kann es ausziehen. Und darunter liegt noch eine Schaumstoffmatratze.« Sie wirft einen Blick aus dem Fenster und schüttelt sich. »Das ist ja vielleicht ein Unwetter! Gute Güte! Richtig kühl ist es geworden – jetzt brauchen wir dringend ein kleines Feuer, um die bösen Geister fernzuhalten, was meint ihr?«

Jonte verdreht natürlich die Augen, aber das sieht Irmela nicht. Ph, Per darf keine Angst vor Geistern haben, aber Jonte wohl vor alten, verrückten Männern!

Irmela sucht aus dem Weidenkorb neben dem Ofen einige Scheite und altes Zeitungspapier heraus. Per darf das Feuer anzünden. Draußen toben die Sturm- und Regenhexen über das Land, sie biegen und schütteln die Äste, Wolken lösen sich auf, vermischen sich mit den Bäumen, der Erde; eins geht ins andere über, so heftig peitscht der Regen den Wald. Wasser trommelt auch auf das Wellblechdach von Irmelas kleinem Schuppen, wischt in Güssen gegen die Scheiben, während schwere Äste und Tausende Zweige auf den Boden stürzen und manch einer in einem Autodach stecken bleibt.

Juli schlingt die Arme um ihren Körper. Gut, dass Irmela sie überredet hat hierzubleiben. Was wohl das Zelt macht? Und die *Fluch der Karibik*? Die Lichtblaue. Ob sie im Sturm eine Höhle hat? Oder kann sie fliegen, reiten auf dem Orkan?

Die Flammen flackern, immer wieder ducken sie sich, wenn ein Windstoß den Kamin hinunterfährt.

»Beim letzten Sturm hat es zwei Tannen erwischt. Und mein Dach.« Irmela sitzt im Yogasitz auf einem grün-gelben Teppich vor dem Ofen und hält ihre Hände dem Feuer entgegen. »Die anderen Bäume stehen zum Glück zu weit entfernt, um mir mein Haus kaputt zu machen.« Sie schweigt. »Du wirkst so mutig«, sagt sie plötzlich und sieht Juli an. »Wie kommt es eigentlich, dass du solch eine Angst vor Tieren hast?«

Alle schauen sie an: Irmela und Per, selbst Jonte sieht jetzt von seiner Karte auf. Irgendwo klingelt das Telefon. Aber Irmela macht keinerlei Anstalten aufzustehen.

»Also: Warum hast du Angst vor Tieren?«

Juli wird rot. »Pfff. Keine Ahnung.«

»Bist du mal von einem Hund gebissen worden, als du noch klein warst?«

Juli zuckt die Schultern. »Joah«, sagt sie zögernd. »Ich glaube jedenfalls. Aber ich bin auch nicht die Einzige in unserer Familie, die Angst vor Tieren hat.«

»Tatsächlich?«

»Ja ... mein Vater hat ... hatte auch Angst vor Tieren.«

Juli schluckt und wendet sich ab. Papa hatte Angst vor Hunden. Und vor Pferden. Es ist so lange her ... Die Weide in der Dämmerung und die drei Pferde, drei riesige, schnaubende Schatten. Juli hat damals noch gerne Pferde gestreichelt. Damals hat sie Papa überhaupt nicht verstanden. Sie hat ihn sogar ein bisschen ... ja, verachtet. Seine Angst.

Und heute ... Papa ... vor zwei Jahren ist er gestorben, im Sommer, und auf der großen Wunde tief in ihr drin ist nur eine papierdünne Haut gewachsen, ganz durchsichtig. Immer noch überfallen sie die Tränen, sie ist nie vor ihnen sicher.

Wohin geht man, wenn man gestorben ist? In die Ewigkeit? Julis Hände werden kalt und schweißig.

Im Ofen knackt ein großes Scheit entzwei.

Irmela räuspert sich. »Na, dann hast du die Angst von deinem Vater vielleicht geerbt«, sagt sie. Sie beobachtet Juli eine ganze Weile lächelnd, die über die Frage nachdenkt, ob man Angst wohl erben kann wie einen Höcker auf der Nase.

»Was habt ihr denn noch gemeinsam?«

Das Kerzenlicht malt alle Kanten weich, der Schein der Flammen zuckt an den Wänden und lässt das Unwetter draußen noch finsterer aussehen.

»Die Augen«, sagt Juli.

»Und dass du Filme machen willst«, ergänzt Jonte.

Juli wirft ihm einen Blick zu und in ihrem Herzen wird es ganz warm. All die Filme, die sie mit Papa gesehen hat! Im Kino, auf dem Sofa ... Im Kino kannte Papa ein paar Filmvorführer und einmal hat sie ihren Kindergeburtstag dort feiern dürfen. Nur sie und ihre Freunde.

»Willst du richtig große Filme machen? Hollywood?«, fragt Irmela bewundernd.

Wieder wird Juli warm. »Nicht für Hollywood, aber sonst: ja.« Sie nickt.

»Wie toll«, sagt Irmela. »Dann ist dein Papa bestimmt sehr stolz auf dich.«

Sie steht auf, um ein neues Scheit in den Ofen zu schieben.

»Ja. Er ... er war stolz auf mich«, flüstert Juli. Und jetzt, jetzt bricht ihr Herz. Sie legt den Kopf auf ihre Knie und ihre Arme darum, damit niemand ihr Gesicht sehen kann.

Irmela stochert kniend im Feuer, die Ofenklappe knarrt, als sie sie schließt.

Juli spürt, wie jemand sich neben sie setzt und wie sich ruhig eine Hand auf ihre Schulter legt, die Hand einer alten Frau. Von der anderen Seite pustet ihr jemand Kleines seinen Atem ins Ohr.

»Dein Papa ist bestimmt immer noch stolz auf dich. Der kann dich doch von da oben sehen!« Und zwei kleine, aber erstaunlich kräftige Arme schlingen sich so fest um ihre Taille, dass sie fast keine Luft mehr bekommt.

Die Uhr tickt, das Feuer knistert, sie sitzen eine ganze Weile so da und Juli schluckt und schluckt, aber die Tränen kommen nicht.

Schließlich quietschen die Dielen, Irmela steht auf. »Ich sehe mal nach Oskar«, sagt sie. »Als er zuletzt hier war, hat er meine Stehlampe komplett umgebaut. Und ich mochte sie eigentlich ganz gerne so, wie sie vorher war.«

Die Tür klappt, sie bleiben allein vor dem Ofen zurück, Juli, Jonte und Per. Juli starrt in die Flammen. Aus den Augenwinkeln sieht sie, wie Jonte sie beobachtet, ganz ruhig, so lange, bis Juli schließlich rot wird und zu ihm hinblickt.

»Ich glaub nicht, dass man Angst vor Tieren erben kann«, sagt Jonte. »Ich glaube gar nicht, dass du so eine große Angst hast, wie du denkst.«

Julis Wangen fangen an zu glühen. »Und du?«, fragt sie. »Warum hast du Angst vor Oskar?«

Jonte schweigt. Sein Gesicht sieht aus, als habe es jemand aus einem sehr blassen Stein geschnitzt.

»Ich hab auch Angst«, sagt Per plötzlich.

Puh, gibt es hier in diesem Haus eigentlich irgendjemanden, der keine Angst hat?

»Ja, ich habe solche Angst. Vor Blitzen und … und Geistern!« Er legt seinen Kopf auf Julis Schoß und seine Arme wieder um ihre Mitte. »Darf ich bei dir auf dem Sofa schlafen?«

Juli grinst.

»Klar«, sagt sie und streichelt ihm über die Wange.

AUSSEN. GASTHAUS AM SEE - DIESE EINE SOMMERNACHT

Stimmengewirr. Die Lichter vom Gasthaus funkeln im See. An einem Tisch sitzen eine schwarz-rot-haarige FRAU, eine ALTE FRAU mit langen grauen Haaren, ein ALTER MANN mit einer Knubbelnase und ein KLEINER JUNGE. Der kleine Junge prokelt im Windlicht auf dem Tisch herum. Der alte Mann streicht dem Kleinen gelegentlich über den Kopf, sonst unterhalten die Erwachsenen sich und achten nicht auf ihn. Schließlich wendet die Frau sich an den kleinen Jungen.

MARTHE

Und nun sag mal, Per, wo sind die anderen hin?

PER

(Gesicht im Kerzenlicht ganz NAH, murmelt)

Weiß ich doch nicht. Aber Juli passt ja jetzt auf Jonte auf.

(lächelt versonnen, verbrennt sich am Wachs)

SECHZEHN. Ende?

Als Juli aufwacht, ist es still. Das Wetter hat sich beruhigt, die Erde schläft, sogar Puma schnarcht am anderen Ende des Sofas. Durch das Fenster sieht sie die Sterne.

Nur Per schläft nicht. Sie spürt seinen unruhigen Fuß an ihrem Schienbein.

»Ich muss mal«, flüstert er und stößt sie schon wieder. Aus Versehen.

»Das Klo ist unter der Treppe«, flüstert Juli zurück.

»Aber da ist es so dunkel!«, beschwert sich Per.

Sie stehen auf und versuchen, nicht auf Jonte zu treten. Sie schleichen durch das Wohnzimmer und versuchen, nicht auf die splittrigen Holzdielen zu treten. Sie finden zuletzt die Klinke vom Klo. Den Lichtschalter leider nicht.

Draußen schreit eine Eule oder ein Käuzchen.

»Setz dich hin!«

»Jonte pinkelt auch immer im Stehen.«

»Wehe …!«

Sie tapsen zurück. Ein klein bisschen Mond scheint durch das Fenster, zart wie ein Komma.

»Ich hab Kopfweh.«

»Du musst weiterschlafen.«

»Aber ich hab so Kopfweh!«, jammert Per.

Juli hebt mit dem großen Zeh ein Stück Zeitung auf, das von dem Stapel Anmachpapier gerutscht ist. Sie steht im Dunkeln auf einem Bein und überlegt. »Okay, dann wecke ich Irmela und frage sie, ob sie was gegen Kopfweh hat.«

Per nickt. Und hält sich den Kopf und verzieht das Gesicht.

»Leg dich besser wieder hin«, wispert Juli.

Per nickt wieder und tritt auf Jonte.

»Aua!« Jonte sitzt senkrecht auf seiner Schaumstoffmatratze. »Was macht ihr da?«

»Kopfweh haben«, sagt Juli.

»Und pinkeln«, setzt Per hinzu. Aber nun legt er sich auf das Sofa und wimmert leise vor sich hin.

»Wir wecken Irmela auf«, erklärt Juli. »Die hat bestimmt Kopfschmerztabletten oder so was.«

Sie erschrickt, als sie Jontes Gesicht sieht.

»Wenn Per jetzt krank wird ...«, flüstert er. Dann kommt eine Weile nichts. Und dann: »Ich will aber nicht zurück!«

Man ist ja gelegentlich uralt und weise, zum Beispiel jetzt gerade, und deshalb sagt man: »He, dein kleiner Bruder hat nur Kopfweh, klar? Und wenn er echt krank ist, dann ist das ja wohl wichtiger, oder?«

Aber der Jammer in Jontes Gesicht, den fühlt man auch.

Es ist unendlich gruselig in dem dunklen Haus, und Juli ist froh, dass sie nicht allein die Treppe hinaufschleichen muss. Die Stufen knarren wie bei jeder anständigen Holztreppe, aber leider kennen sie sie nicht so gut, dass sie wissen, wo genau ...

Krrrrrunk.

»Mist!«, wispert Juli.

Sie halten inne. Sie lauschen. Irgendein Bett dort oben ächzt. Dann ist wieder Ruhe.

Ein kleiner, enger Flur, die blöden Holzdielen überall, Irmela hat sie hier oben weiß lackiert. Sie schimmern in der Nacht. Und knacken und jaulen. Auch wenn man nur so darüber haucht.

»Weißt du denn, in welchem Zimmer Irmela schläft und in welchem …?«

»Sehr witzig. Ich war genauso wenig hier oben wie du.«

Zwei Türen gehen von dem Flur in der oberen Etage ab.

»Also steht es fifty-fifty«, flüstert Juli.

»Ops sagt immer: Butterseite gegen Brotseite«, flüstert Jonte zurück.

Juli kichert lautlos und dann drückt sie einfach die nächstliegende Klinke hinunter.

Atmen.

Dämmerlicht. Nur die hellen Dielen. Und ein weicher, heller Teppich.

Ein altes Bett, jemand liegt darin auf der Seite, das Gesicht abgewandt.

Schleichen. Näher und näher. Hoffen.

Sich ganz, ganz vorsichtig über den Rücken beugen und …

»Butterseite«, wispert Jonte, als er Oskars Gesicht sieht.

Er schläft so friedlich, sein Gesicht glänzt im schwachen Licht wie eingecremt.

Juli lächelt. »Er sieht echt aus wie ein Baby«, flüstert sie.

In diesem Moment wird Oskar beweglich.

Sie weichen zurück, sie pressen sich an die Wand.

Oskar. Bewegt sich immer noch. Dreht. Sich um.

Hoffentlich.

Oder: Er muss aufs Klo.

Dann wacht er gleich auf.

Dann steht er gleich auf.

Dann wird er sie gleich sehen.

Argh!

Knarz, rumpel, ächz, raschel.

Luft anhalten.

…

Er setzt sich auf.

Abrupt. So schnell, dass man meint, seine Haare flattern zu sehen.

Zwei Menschen in diesem Raum gefrieren im selben Moment zu Eis. Wenn er sich jetzt umdreht, wenn er sie sieht, wenn …

Er fingert nach irgendetwas.

Knips.

Das Licht ist strahlend hell.

Nie hätte Juli vorhergesehen, was jetzt passiert. Sie sieht, wie Jonte sich gegen die Wand drückt, sogar seine Lippen sind bleich. Jemand grunzt entsetzt. Eine Decke fliegt zur Seite. Jemand fällt beinahe aus dem Bett.

Julis Herz macht eine kleine Klopfunterbrechung.

Derselbe Jemand rennt auf sie zu, starrt sie an mit weit aufgerissenen Augen, stürzt an ihnen vorbei. Ohne ein einziges Wort. Poltert schwer und ungeschickt die Treppe hinunter.

Eine Tür knallt.

Per, denkt Juli und fängt an zu zittern. Vielleicht hat Irmela ja gar keine Ahnung, wie gefährlich so ein Verrückter ist. Auch wenn er ein Babygesicht hat wie Oskar.

Jemand schreit dort unten. Wie am Spieß.

»Oskar!«, gellt es die Treppe hinauf.

Scheiße.

Jonte ist schon auf den Stufen, aber Juli auch. Ohne zu wissen, wie sie dorthin gekommen ist. Als sie ins Wohnzimmer stürzen, sitzt Per in dem dünnen Mondsichellicht auf dem Sofa, das sogar im Dunkeln schwach leuchtet. »Oskar!«, schreit Per mit sich überschlagender Stimme.

Julis Herz rast, sie schaut sich in alle Richtungen um. Aber Per ist allein, sonst ist niemand zu sehen.

»Oskar ist rausgerannt! Nach draußen!« Per zeigt auf die Haustür. Und dann hält er sich den Kopf und krümmt sich zusammen.

Juli und Jonte sehen sich an.

»Der ist erwachsen«, flüstert Jonte.

»Nee, der tut nur so«, flüstert Juli zurück. »Sollen wir ihn suchen?«

Die Treppe knarrt und plötzlich steht Irmela hinter ihnen.

»Natürlich müssen wir ihn suchen«, sagt sie.

Doch Jonte setzt sich zu Per aufs Sofa und nimmt ihn fest in den Arm.

Das Gras liegt voller Zweige und Zapfen, die Bäume tropfen und knistern. Licht fällt vom Haus auf den Garten, aber dahinter ist es pechschwarz.

Zuerst sehen sie im Schuppen nach, Juli und Irmela. Nichts. Außer Harken und irgendwelchem Gartengerät.

Irmela ruft in die Dunkelheit hinein, wieder und wieder. Mal lockend, mal vorwurfsvoll, mal verzweifelt.

Niemand antwortet.

»Wir können ihn doch nicht im ganzen Wald suchen, oder?«, fragt Juli.

Irmela schüttelt den Kopf. »Das wäre viel zu gefährlich, jetzt nach dem Sturm, da können immer noch Äste herunterfallen.«

Sie sieht Juli an und seufzt. »Ich hoffe, er ist einfach in seine Wohngruppe zurückgelaufen. Aber bei Oskar weiß man nie.« Sie lächelt ein kleines, schiefes Lächeln und dreht sich um. »Oskar!«, brüllt sie ein letztes Mal in die Nacht.

Die Stille danach tut Juli in den Ohren weh. Und es ist kalt hier draußen, so kalt.

Wenigstens kann Irmela sich jetzt um Pers Kopfschmerzen kümmern. Sie gibt ihm Kügelchen, sie reibt ihm Pfefferminzöl auf die Ohrläppchen – das kennt Juli. Aber die Melodien, die Irmela dabei summt, kennt sie nicht. Irmela behauptet, sie hätte sie von einem echten indianischen Medizinmann gelernt.

»Die hat einen Knall«, hätte Jonte normalerweise gesagt. Stattdessen sitzt er auf der Matratze und starrt mit gerunzelter Stirn wieder auf Irmelas Karte.

»Der hatte Angst vor mir«, sagt er. Ganz ruhig, als ob das sowieso klar sei.

Irmela unterbricht ihr Summen und hört auf, Pers Ohrläppchen zu massieren. »Nein, der hatte keine Angst vor dir.«

»Doch, natürlich.« Jonte sieht hoch und zuckt mit den Schultern, als sei ihm das völlig egal.

Aber Irmela schüttelt energisch den Kopf. »Oskar hat keine Angst vor *dir*. Er hat vor allen Jungen in deinem Alter Angst, Jonte. Kein Mensch weiß, was ihm passiert ist und wann, er kann es nicht erzählen. Vielleicht haben ihn ein paar Jungs, die so alt waren wie du, mal richtig übel geärgert.«

Jonte sieht wieder auf seine Karte, er antwortet nicht.

Schließlich steht Irmela auf. »Ich ruf da jetzt an«, verkündet sie, und Juli weiß sofort, was sie meint: da, wo Oskar sonst wohnt.

Sie folgt Irmela in den Windfang. Ob Oskar sich auch im Dunkeln fürchtet? Oder im Wald? Und nicht nur vor Jungen, die er nicht kennt? Was sie ihm wohl angetan haben?

Armer, alter, verrückter Mann ...

Irmela wählt, die Wählscheibe rasselt wieder zurück, Juli beobachtet es fasziniert. Das Telefon ist cool, so alt, so, als ob es selbst Geschichten erzählen könnte ... Moment:

Ein schwarzes Telefon, in totaler Nahaufnahme, etwas undeutlich. Eine Fliege kommt, erst ist sie ganz scharf, dann lässt sie sich auf dem Telefon nieder, beide sind jetzt scharf eingestellt. Und dann beginnt das Telefon, selbst zu wählen, ganz langsam ...

Irmela hält sich den alten Telefonhörer ans rechte Ohr und das linke mit der Hand zu.

»Hallo? Ist Oskar bei Ihnen gelandet? ... Können Sie mal eben gucken gehen ...?«

Juli tapst über den Boden und bleibt neben Irmela stehen.

Ihr Blick wandert von den Halbedelsteinen zu dem aufgeschlagenen Buch mit all den Telefonnummern. Puh, dass so eine alte Frau noch so viele Leute kennt …

Luisenstift – Wohngemeinschaft für psychisch Kranke, liest sie, »Malkastl«, Mama (aha, sogar Irmela hat noch eine Mutter, bestimmt ist die über hundert), Marienkäfer-Kindergarten, Marthe Januszewski – Moment.

Waaaaaas?!

Juli wickelt sich eine Haarsträhne um die Finger. So, dass es wehtut.

Verdammt … Marthe! Ist das jetzt ein Zufall, oder …? Hoffentlich kommt Irmela nicht auf die Idee … Und wenn sie schon Bescheid weiß? Warte mal …

Vielleicht ist Marthe schon auf dem Weg hierher?

Echt jetzt! Juli krümmt die Zehen. Bis gerade fand sie Irmela mit all ihrer Seltsamkeit noch total nett. Aber wenn sie Marthe kennt und da irgendetwas läuft hinter ihrem Rücken …

Nach dem Sturm und mitten in der Nacht wird Marthe sich ja wohl kaum auf den Weg machen.

Aber … morgen?

»Puh«, macht jetzt auch Irmela und nimmt die Hand vom Ohr. »Vielen Dank. Grüßen Sie ihn ganz herzlich und sagen Sie ihm, ich lade ihn nächste Woche mal wieder zum Johannisbeerkuchen ein. Ja … Ich hole ihn ab, Sie brauchen ihn nicht zu bringen.«

Sie legt auf. Sie dreht sich um.

Juli ist verschwunden.

»Sie kennt sie! Kannst du mir glauben!«, wispert Juli im Klo unter der Treppe.

»Wir müssen hier weg!«, zischt Jonte.

Juli hört Jontes Stimme, sie spürt Jontes Körper, seine Arme strahlen Wärme aus und seine Hand … hat ihre jetzt schon zweimal berührt.

»Heute Nacht noch?«, wispert Juli.

Sie denkt an die klare Nachtluft, daran, wie es von den Bäumen tropft, an die abgebrochenen Äste, die oben in den Wipfeln hängen.

»Morgen ganz früh?«, schlägt Jonte vor. »Sonst kriegen wir Per nicht mit. Wenn er Kopfweh hat, ist er echt stur.«

Und Juli nickt.

Die Nacht draußen wird schwächer, die Sterne verblassen, und die Luft, die durch das offene Fenster hereinkommt, riecht schon nach Morgen. Bald werden die Vögel anfangen zu singen. Zwei sind schon vor ihnen wach. Zwei Gestalten, die ein Zimmer durchwühlen wie eine kleine Rotte Wildschweine. Sie suchen.

Per schläft, er wacht absolut nicht auf, nicht einmal, als Juli ihn an den Füßen kitzelt.

Pers Zeug zu finden ist auch nicht so einfach, weil Per sich immer scheibchenweise auszieht. Er scheint der Ansicht zu sein, dass seine Kleidungsstücke nachts so weit entfernt wie möglich voneinander gelagert werden müssen.

Seine Unterhose: hat er an.

Sein T-Shirt: findet Jonte schließlich halb unter dem Sofa.

Seine Hose: Zuletzt stellt Juli fest, dass Zimmerfeigen unmöglich Blüten haben können, die wie abgeschnittene Jeans aussehen. Sie pflückt sie von den Zweigen und schüttelt sie aus.

Es regnet aus der Hose. Erst ein Handy und dann ... Blätter und Blüten. Juli reißt die Augen auf. Nein – es sind ... drei Geldscheine.

»Was ist das denn?«

Jonte hebt es auf. »Mein Geld«, sagt er leise. Er wirft einen Blick zu Juli herüber. Dann schiebt er sich die Scheine in die Hosentasche.

Juli steht mit offenem Mund und einer verkehrtherumen Hose da. »Was? Wieso hat Per denn dein Geld?«, fragt sie.

»Keine Ahnung«, sagt Jonte kurz.

»Ist das das Geld, das dir geklaut wurde? Bei dem Campingplatz?«

Jonte nickt.

Ihre Blicke treffen sich.

»Und wieso hast du so viel Geld mit?«, erkundigt Juli sich.

»Man weiß nie«, sagt Jonte und zuckt mit den Schultern. »Auf jeden Fall brauchen wir jetzt keine Tauschspiele mehr zu machen.«

»Essen wir noch was?«, flüstert Juli. Ihr Bauch grummelt nach der anstrengenden Nacht schon die ganze Zeit.

Jonte überlegt. Dann schüttelt er Per an der Schulter.

»Komm, aufstehen. Frühstück. Endlich wieder was zu essen für dich! Aber sei bloß leise!«

AUSSEN - DIESE EINE SOMMERNACHT

Split screen. Drei Teile.

LINKS:
AUF DEM PARKPLATZ VOR DEM GASTHAUS

Ein ALTER MANN steht vor einem alten Ford und fummelt mit dem Autoschlüssel am Schloss herum. Hinter ihm wartet ein KLEINER JUNGE. Er sieht sehr müde aus.

MITTE:
WALD

Ein MÄDCHEN rennt.

RECHTS:
VOR EINEM HAUS IM WALD

Auf der Schwelle sitzt ein JUNGE; er lehnt an der Tür. Der Junge sitzt völlig still. Sein Gesicht ist blass, seine Augen geschlossen.

SIEBZEHN. Frei sein

»Jetzt komm endlich, wir müssen los!«, drängt Jonte.

»Ich will aber nicht«, sagt Per und trampelt mit seinen Füßen gegen das Tischbein. Draußen haben die ersten Vögel angefangen zu singen, der Morgen kriecht grau über die Bäume.

»Mann, Per, du wolltest doch unbedingt mit. Ans Meer!«, erinnert Juli ihn und öffnet den Kühlschrank. Hoffentlich ist der Schlafsack trocken geblieben. Und das Zelt von innen ...

»Hör auf zu treten«, zischt Jonte. »Sonst weckst du nachher noch Irmela.«

Per schaut nicht auf, Per hört nicht auf. Vielmehr trampelt er fröhlich weiter. Als er Juli schließlich doch anblickt, hat er Tränen in den Augen.

»Ich will, dass wir hierbleiben«, sagt er. »Bei Pina und Silvester und Staatsanwalt. Und Puma. Und ... Irmela will einen Hühnerstall in dem Schuppen bauen, hat sie gesagt, und sie schaut sich heute Hühner an, ob sie die kaufen will. Und ich darf helfen, wenn ich will.«

Es gibt Juli einen Stich, Per mag Tiere so gern.

»Kann doch sein, dass Puma wieder mitkommt!«, schlägt sie vor und merkt ... oh, wie sehr sie es hofft!

Aber Per schüttelt wütend den Kopf.

Die Küchentür öffnet sich langsam, Juli wirbelt herum.

Irmela steckt ihren Kopf herein, na klar!

»Guten Morgen, guten Morgen! So früh auf? Ich dachte immer, Jugendliche schlafen gerne lang.«

Sie schaut von einem zum anderen. »Soll ich Frühstück machen? Und warum seht ihr selbst aus wie ein Unwetter?«

»Irmeheladenbrot, Irmeheladenbrot«, singt Per und beißt in Irmelas selbst gebackenes Brot mit der selbst gekochten Johannisbeermarmelade.

Juli kaut langsam. Am schlimmsten ist es, Jonte dabei anzusehen. Deswegen lässt Juli es lieber bleiben. Ob Marthe schon Bescheid weiß? Das Telefonklingeln gestern Abend – ob das vielleicht sogar Marthe war?

Juli schaut aus dem Küchenfenster. Der Sturm hat einen großen Ast an einem von Irmelas Obstbäumen zersplittert. Hoffentlich hat die *Fluch der Karibik* nichts abgekriegt. Oder das Zelt, sonst bekommt Jonte Ärger mit seinem Großvater, hat er gesagt.

Wenn sie allerdings heil geblieben sind, das Boot und das Zelt ... Julis Herz klopft schneller.

»Nach so einem Unwetter kann man sich wirklich nicht weiter in der Natur herumtreiben. Besonders nicht im Wald. Das ist viel zu gefährlich. Ihr seid bestimmt traurig, oder?«, fragt Irmela. Sie öffnet den Hängeschrank mit einem Knall und holt vier Tassen heraus, eine davon mit der Maus aus der *Sendung mit der Maus*.

Jonte antwortet nicht, er gräbt wieder einmal mit seinem Buttermesser in Irmelas Tischlöchern herum. Juli würde das nicht gerade »Achtung vor den Dingen« nennen, aber Irmela scheint es nicht zu stören.

»Wenn ihr möchtet, könnt ihr eure Ferien noch ein bisschen hier verbringen.« Sie kippt die Milch in den kleinen Milchtopf auf dem Gasherd. »Die Elstern würden sich freuen. Und der Kater auch.« Sie dreht sich um.

Per hüpft auf seinem Stuhl auf und ab vor Begeisterung, Jontes Messer fällt auf den Boden; er bückt sich, um es aufzuheben.

Im selben Moment muss Juli sich dringend an einem Mückenstich am Fuß kratzen.

»Jonte!«, flüstert sie unter dem Tisch.

Aber Jontes Kopf verschwindet wieder nach oben, er hat nicht einmal zu ihr herübergesehen.

Das MÄDCHEN lehnt sich im Klo unter der Treppe von innen gegen die Tür. Der JUNGE versucht, das Mädchen zur Seite zu schieben, damit er hinauskann.

MÄDCHEN

Ey, hör doch mal zu! Und wenn wir einfach abhauen?

JUNGE

Hat eh keinen Sinn, oder? Deine Tante kreuzt sowieso gleich hier auf … Ist doch vorbei …

MÄDCHEN

Warum bist du so negativ? In „Flussfahrt mit Huhn“ haben die viel gefährlichere Sachen gemacht.

JUNGE

(sieht sie müde an)

Weil es nichts bringt.

MÄDCHEN

(flüstert drängend)

Wir hauen ab, Jonte. Jetzt. Jonte? Hast du gehört?

JUNGE

(verdreht die Augen)

Du nervst.

MÄDCHEN

Du hast einfach Angst. Das ist es! Schau mich an, los!

JUNGE

(schaut das Mädchen an, aber sehr, sehr widerwillig)

MÄDCHEN

(formt ein Wort mit den Lippen)

M ... U ... T ... P ... R ... O ... B ... E ...

Sie bleibt kurz stehen, sie muss noch einen Blick zurückwerfen, einen letzten ...

Irgendwo hinter der Wegbiegung redet Per mit den Elstern, und Irmela rumpelt mit ihren Töpfen herum, um Kartoffelsuppe zum Mittagessen zu kochen. Juli presst sich die Faust vor den Mund, um nicht loszuprusten. Jonte hat sich sogar noch extra Würstchen für die Kartoffelsuppe gewünscht. Aber Irmela hat ihm nichts angemerkt, Juli kann jedenfalls nicht so gut schauspielern, sie muss immer kichern.

Am Rande des grasüberwachsenen Weges, kaum sichtbar im Schatten der Bäume, sitzt Puma, die Augen halb geschlossen. Juli hockt sich hin, sie streckt ihm die Hand entgegen.

»Ey, jetzt komm aber auch!«, zischt Jonte.

Alles in Juli sehnt sich nach dem hässlichsten Kater der Welt, alles ruft. Stumm natürlich.

Doch Puma rührt keine Pfote. Er blinzelt nur.

Jonte stupst sie an und Juli richtet sich auf, ihre Hand zur Faust geballt. Sie wird ihn wiedersehen. Ganz bestimmt. Irgendwann.

Dann wendet sie sich ab.

Los!

Ans Meer ...

Allein mit Jonte ...

Vor Irmelas grünem, nutzlosem Tor liegt ein Baumstamm quer über dem Waldweg, den hat wohl der Sturm gefällt. Juli hüpft mit einem lautlosen Satz darüber hinweg, Jonte folgt.

Und dann sind sie im Wald verschwunden.

Friedlich ruhen die Bäume nach dem Sturm, alle Pflanzen sind noch mit Trinken beschäftigt. Ein Flugzeug zieht seine Bahn, doch es hinterlässt kaum Spuren am Himmel. Ein weiteres Geräusch mischt sich hinein, erst von ferne, dann immer näher. Ein Motorengeräusch. Ein Geräusch, wie es zum Beispiel ein überanstrengter Geländewagen von sich gibt.

Vor einem einsamen grünen Tor taucht ein Jeep auf. Er bremst abrupt ab und scheint nachzudenken.

Niemand steigt aus.

Der Motor heult wieder auf.

Der Wagen rumpelt an dem umgestürzten Baum und an dem Tor vorbei, durch Pfützen hindurch, über umherliegende Äste, zurück auf den Grasweg und kommt schließlich vor Irmelas Hexenhaus zum Stehen.

Jetzt steigt jemand aus. Direkt in eine große Pfütze hinein. Eine Frau mit schwärzlich roten Haaren.

»Irmela!«, brüllt diese Frau. »Irmela, bist du da?«

Die Tür von dem künftigen Hühnerstall öffnet sich quietschend.

»Gute Güte, Marthe, du warst aber schnell!« Irmela wischt sich die Hände an ihrer Jeans ab. Ihre Stimme klingt kratzig, wie die eines alten Menschen, der nicht viel geschlafen hat.

Marthe stemmt die Arme in die Seiten: »Schnell? Das letzte Mal habe ich dich vor drei Stunden angerufen! Und du hast mich gebeten, möglichst spät zu kommen. Also, rück raus, wo sind sie?«

Irmela tritt ins Licht hinaus. Ihre grauen Haare sind offen

und leuchten hell vor den dunklen Bäumen. Beinahe wie die einer gewissen Lichtblauen. Die Elstern krächzen hoch oben in den Zweigen der Lärche am Rande von Irmelas Wiese.

Marthe lächelt endlich. »Haben sie denn ihre Sachen schon gepackt?«

»Das nehme ich an«, antwortet Irmela. »Juli und Jonte ruhen sich im Gästezimmer aus, so müde waren sie nach der anstrengenden Nacht. Sie wollten vorhin nicht einmal zum Essen kommen, nicht, Per?« Irmela wendet sich um.

Per steckt gerade seine Nase aus der Tür. Er nickt und sieht mit großen Augen zu Irmela auf. Aus dem Baum stürzt eine Elster herab, dann eine zweite. Pers Gesicht leuchtet auf. Er läuft zu den Vögeln hinüber, aus seinen Fäusten rieseln die Körner. Er breitet seine Arme aus und fliegt eine verschlungene Kurve. Dann steht er selig im hohen Gras, die Hände geöffnet, zwei Elstern auf den Schultern.

»Möchtest du erst mal einen Tee?«, fragt Irmela Marthe.

»Du meinst, dein spezielles Kräutergebräu, bei dem man nie weiß, ob man es überlebt oder sich in ein Schwein verwandelt?«, fragt Marthe zurück und verzieht das Gesicht.

»Du kannst dir gerne aussuchen, in was du dich verwandeln möchtest. Dann nehme ich darauf Rücksicht«, sagt Irmela freundlich.

»Na gut.« Marthe seufzt ein wenig. »Weck die anderen und sammelt schon mal eure Sachen zusammen«, ruft sie Per zu.

Per rührt sich nicht. Er ist beschäftigt, das kann man ja wohl sehen.

Aber wenn Marthe ganz genau hinsehen würde, sähe sie auf seinen Lippen ein winziges Lächeln blühen.

»Es ist wirklich sooo old fashioned.«

»Letztes Jahrhundert, Minimum.«

»Wenn wir erwachsen sind, steht das im Museum.«

»Aber den Akku kriegst du nicht tot.«

»Nee, der hält zwei Wochen. Oder so.«

»Schade eigentlich … Wollen wir ein Lied singen? Zur Beerdigung?«

»*Leise rieselt der Schnee*, oder was? Ist aber keine Beerdigung. Außerdem kann ich nicht singen.«

»Wieso, was ist es denn sonst?«

»Eine Bewasserung.«

»Dann machen wir es eben so …«

Plumps, sagt ein Handy.

Das Wasser ist klarer hier und tief. Keiner von beiden rührt sich. Sie sehen das Handy in die Tiefe trudeln, silbern und grün.

»Wie ein sehr merkwürdiger Fisch«, murmelt Juli.

Dann ist es verschwunden.

»Und was machen wir jetzt?«, fragt sie. »Hihi«, fällt ihr ein, »das fragt der eine von den Geiern aus dem *Dschungelbuch* auch immer.«

Jonte antwortet nicht.

Bald wird dieser große, träge Fluss, der all diese Seen füttert, sich verengen. Behauptet nicht nur Jontes Karte, sondern auch die, die sie von Irmela mitgenommen haben. Bald wird er in einen anderen Fluss münden. Auf dem auch große Schiffe fahren, Juli überläuft ein wohliger Grusel.

Schließlich: das Meer.

So viel Freiheit.

Und sie brauchen jetzt nicht mehr ständig darüber nachzudenken, wie sie etwas zu essen auftreiben. Geld ist auch Freiheit, und davon haben sie jetzt eine ganze Menge, soweit Juli das heute früh überblicken konnte.

Jonte paddelt ruhig und regelmäßig. Ein Schwan fliegt hoch oben über die Bäume. Oder ist es eine Wildgans? Egal, noch ist es Sommer und der Herbst ist weit, so weit. Beinahe in einem anderen Leben.

Nun sind sie allein.

Kein Per mehr.

Kein Puma.

Cool, dass dem Boot überhaupt nichts passiert ist. Es hat zwar eine ganze Weile gedauert, all die Blätter und Zweige herauszufischen und mit einer alten Konservendose das Regenwasser herauszuholen, weil sie das Boot dummerweise nicht umgedreht haben, aber das Gerüst und die Bootshaut sind heil geblieben. Und das Zelt hat nur ein kleines Loch, das ein Ast hineingerissen hat. Ziemlich weit unten, zum Glück. Die Sachen, die sie im Zelt gelassen hatten, sind nur ein wenig feucht geworden.

Jonte sagt immer noch nichts.

Ob er das kleine Känguru bei Per gelassen hat? Oder hat er Madita wieder in den Schlafsack geschoben? Komisch, sie hat es schon eine ganze Weile nicht mehr gesehen, wenn sie es sich recht überlegt.

Der Himmel ist grau heute, zum ersten Mal hat Juli keine Lust zum Schwimmen. Die Luft ist kühl und leer.

»Wir müssen Per aber eine Postkarte schicken«, sagt Juli. »Jetzt, wo du das Geld wiedergefunden hast.« Sie kratzt sich am Kopf. »Hast du eine Ahnung, warum Per es genommen hat?«

Jonte antwortet nicht.

»Vielleicht wollte er dich ärgern. Oder er dachte, es ist spannender so?«

»Keine Ahnung.«

»Ist ja egal. Wir können ihn ja später fragen. Wenn wir wieder zurück sind.«

Sie paddeln um eine riesige Landzunge herum, sie haben Mychen weit hinter sich gelassen. Der Wald rechts und links sieht zerrupft aus, eine ganze Menge kaputte Bäume. Der See gleitet an ihnen vorüber, verengt sich, ein leichter Strom treibt die *Fluch der Karibik* unter einer Holzbrücke hindurch. Hunde bellen im Wald und weiter entfernt kräht ein Hahn.

Zwei Frauen sitzen in IRMELAS Küche und trinken geheimgefährlichen Kräutertee. Bisher hat sich noch niemand in ein Schwein oder so verwandelt. Obwohl …

MARTHE

Per?

(setzt die Teetasse mit einem Knall auf ihre Untertasse)

Hast du den anderen jetzt Bescheid gesagt?

Die Vögel zwitschern, zwischendurch hört man die Elstern alle möglichen Geräusche machen, außer zwitschern.
Aber man hört keinen Per.
Ein Kater kommt in die Küche und miaut vor dem Kühlschrank, weil er etwas zu fressen haben will.
Irmela und Marthe sehen sich an. Schließlich stehen beide auf, die Tassen in der Hand.
Sie gehen ins Wohnzimmer hinüber. Irmelas Augenbrauen wandern nach oben.

IRMELA

Warte mal.

Sie sieht im Windfang nach. Es fehlen: ein Paar Flip-Flops und ein paar Chucks. Die Frauen stapfen gemeinsam die Treppe hinauf ins Gästezimmer.
Da fehlen: Jonte und Juli. Jemand kommt hereingerannt, die Klotür knallt, man hört auch einen Klodeckel gegen eine Wand donnern.
Marthe und Irmela sehen sich an. Jetzt rauscht eine Toilettenspülung und zwei Frauen balancieren ihre Teetassen wieder abwärts.

IRMELA

Per?

Wie ertappt bleibt ein kleiner Junge im Wohnzimmer stehen.

MARTHE

Weißt du, wo Jonte und Juli sind?

Ihre Stimme klingt ein klein wenig drohend.

PER

(schiebt das Kinn etwas nach vorne)

Nö. Das weiß ich überhaupt kein bisschen!

Irmela kann das, stellt Per bewundernd fest, genau wie Jonte: eine Augenbraue hochziehen, ohne das andere Auge dabei wie Juli zusammenzukneifen.

PER

Ich weiß aber wirklich nicht, wo die sind!

Er stampft mit dem Fuß auf. Marthes Gesicht verfinstert sich.

IRMELA

(tippt mit dem Zeigefinger auf ihre Lippe)

Per, sag mal: Wie lang genau weißt du schon nicht, wo die anderen sind?

PER

(überlegt)

Seit ... Als du Kartoffeln geschält hast. Seit da weiß ich nicht mehr, wo die sind.

IRMELA

(stößt die Luft aus)

Hast du sie weglaufen sehen?

Per mag Irmela, deshalb weiß er nicht, was er antworten soll. Schließlich soll man ja nicht direkt lügen. Also schaut er Irmela an und beginnt aus lauter Verzweiflung, in der Nase zu bohren.

MARTHE

(trinkt einen Schluck Tee)

Ausgebüxt.

Irmela nickt. Marthes Gesicht sieht aus wie der Himmel gestern, kurz bevor der Sturm auf das kleine Haus traf.

PER

Die haben mein Handy mitgenommen. Und die gute Karte. Glaub ich. Die von dir.

(blickt Irmela schuldbewusst an)

Die geben sie dir aber bestimmt wieder.

(denkt nach)

Irgendwann.

MARTHE

(schüttelt langsam den Kopf)

Ich bin für Juli verantwortlich. Und wie vernünftig Jonte ist ...

Sie blickt sich nach Per um, als erwarte sie von ihm eine Antwort. Doch der ist verschwunden.

MARTHE

(vorwurfsvoll)

Bis hierhin ging mein Einflussbereich noch, jetzt verlassen sie ihn.

IRMELA

(lacht)

Du klingst selbst wie eine alte Hexe! Kennst du niemanden mehr jenseits deines magischen Kreises? Hör zu, für den Notfall haben sie ja wenigstens Pers Handy dabei.

MARTHE

(seufzt)

Ja, das ist wenigstens etwas.

Der letzte See. Er ist groß, riesig sogar, träge kriechen die Wolken über den Himmel, der Sturm hat allen Wind verbraucht. Ein Segelboot steht auf dem Wasser, als sei es festgeklebt.

Sie paddeln an einer roten Fahrrinnentonne vorbei. Juli streckt sich danach, aber sie kann sie nicht erreichen.

Schon vorbei.

Merkwürdig, Juli fällt nichts mehr ein, was sie sagen könnte. Dabei kennt sie Jonte doch jetzt seit ... oh, es sind erst ein paar Tage, gerade mal eine Woche. Aber nie, nie hat sie mit jemandem so viel erlebt wie mit Jonte.

Trotzdem …

Die Minuten werden schwer und klebrig. Genau wie Julis Zunge. Genau wie Julis Gedanken.

Sie holt tief Luft.

»Nach den Ferien machen wir eine Film-AG an der Schule«, teilt sie Jonte mit. Auch wenn sie nicht genau weiß, warum sie ihm ausgerechnet davon erzählt.

Aber auch, wenn sie im Moment ganz sicher nichts mit der Schule zu tun haben will, ist es doch gut, über sie zu sprechen. Über irgendetwas, das ganz weit entfernt ist von dem grauen Tag und dem schweigsamen Jonte.

Wenn er jetzt etwas sagte, worüber sie lachen könnte? Vielleicht?

Tut er nicht.

Er sagt einfach gar nichts.

»Wir – also ich und Kathi und Olle. Das ist Kathis großer Bruder. Oh, der Esel nennt sich immer zuerst. Sorry. Also Kathi und Olle und ich …«

Sie weiß noch nicht einmal, ob Jonte ihr überhaupt zuhört.

»Boah, ich hab überhaupt keine Ahnung, ob da noch mehr mitmachen, Herr Lindenkämper hat das vorgeschlagen, also mein Biolehrer. Ich finde Bio ja total langweilig, aber Herr Lindenkämper filmt auch und er wollte eine Video-AG oder so etwas gründen und da haben wir dann zusammen … Keine Ahnung.«

Sie lauscht nach hinten. Sie traut sich nicht, sich umzudrehen.

Nichts.

Jonte scheint immerhin noch zu leben. Jedenfalls bewegen sich seine Paddelblätter gleichmäßig durch das Wasser.

Eine leere Colaflasche treibt vorbei wie eine Wasserleiche.

»Machst du bei irgendwelchen AGs mit in der Schule?«

Juli dreht sich doch um.

Jonte sieht weg, weit über den See. Aber Juli kann nicht erkennen, was er dort Besonderes sieht. Möglicherweise kommt gleich ein Flugsaurier über den Horizont gekrochen. Auch wenn Juli nicht ganz einsieht, warum gerade dort, bei dem hässlichen Betongebäude ganz weit hinten auf der Weide, ein Flugsaurier auftauchen sollte.

Splasch, splasch, splasch.

»Was machst du eigentlich sonst so? Spielst du irgendein Instrument? Mama wollte früher immer, dass ich Geige spiele, aber das hat sie schon lange aufgegeben. Geige ist so was, das spielt bloß unser Klassenstreber. Ich habe mal eine Zeit lang Trompete gespielt, aber irgendwie ...«

Nein, Jonte sagt gar nichts.

Und nun vertrocknet auch Julis Zunge. Schlapp und unnütz liegt sie in ihrem Mund herum.

Eine Ente schnattert, irgendwo schreit eine Kuh, irgendwo röhrt ein Treckermotor.

Man muss nicht unbedingt reden, man kann auch einfach paddeln.

Und denken.

Und träumen, natürlich.

AUSSEN. KREUZUNG - DIESE EINE SOMMERNACHT

MÄDCHEN

(laut)

Da! Da ist eine Schranke, oder? So eine rot-weiße, damit normale Autos nicht in den Wald fahren können, sondern bloß Waldarbeiter und so. Ja, das ... das ist eine! Dann muss da auch eine Straße sein, ich wette, da ist eine Straße. Hurra! Hurrahurra!

Das Mädchen rennt los, es stolpert, es knallt auf den Boden. Es rappelt sich mühsam wieder auf, hält sich das Knie.

MÄDCHEN

Wurzel, verflixte Wurzel ... au ... es tut so weh. Da ist die Schranke. Da **ist** sie. Und eine Straße, eine Mondmilchstraße, so leer ...

ACHTZEHN. Diese eine Sommernacht

»Ich hab keine Lust mehr.«

Juli dreht sich um und starrt Jonte an. »Tun dir die Arme weh, oder was?«

Sooo weit sind sie doch noch gar nicht gepaddelt!

»Weiß nicht. Suchen wir einen Platz?«

»Zeig mal die Karte ... Cool, ist das eine Insel da? Meinst du, die gibt es wirklich?«

»Ich hab keine Lust auf Insel.«

»Echt nicht?« Juli zieht eine Augenbraue hoch.

Jonte zieht ebenfalls eine Augenbraue hoch. Also richtig.

»Pfff. Bitte. Dann eben keine Insel.«

Eine winzige Landzunge ragt in den See hinein wie eine freundliche Ersatzinsel. Jonte hat sie auch gesehen, er hält darauf zu. Er steigt zuerst aus, seine Hose wird nass, aber das scheint ihn nicht zu stören.

Er watet an Land. Juli bindet das Boot an einer Erle an, sie braucht eine Weile für den Knoten.

Der Sturm hat den Baum beinahe gespalten. Ein dicker Ast ist herabgekracht, und nun sieht es so aus, als stütze die Erle sich auf einer Krücke im See ab. Schließlich dreht Juli sich um ... und Jonte ist verschwunden.

Aber sie ist stark, all diese neuen Muskeln, sie kann das Zelt auch allein schleppen. Zugegeben, es hat eine feuchte Ecke, als es endlich an Land liegt, dort, wo es Seeberührung hatte. Sie baut es auch ganz allein auf, nachdem sie die Bäume in der Umgebung gecheckt hat; von dort wird ihnen nichts auf den Kopf fallen, alles sieht stabil aus.

Jonte kommt einfach nicht zurück.

Hat er das Toilettenpapier mitgenommen, das Juli noch in der letzten Sekunde von Irmelas Klo unter der Treppe gemopst hat? Musste er einfach mal? Juli sucht in ihrem Rucksack, nein, es leuchtet ihr weiß aus der Tiefe entgegen.

Sie hat noch nie allein mit Jonte im Zelt gelegen, immer nur zusammen mit Per.

Wie Vater, Mutter, Kind.

Da kommt Jonte, puh!

Er trägt Äste und Zweige, er hat tatsächlich ein paar trockene gefunden und wirft sie direkt am Ufer auf den Boden. Bestimmt liegt der Wald voll davon.

Die Erde ist immer noch feucht, sie hat so viel getrunken, sie hat sich ganz und gar satt getrunken. Heute ist es nicht gefährlich für den Wald, ein Feuer zu machen, nasses Holz, nasse Gräser brennen nicht.

Juli sucht im Rucksack nach Irmelas Streichhölzern. Sie wirft die Schlafsackrolle ins Zelt, die Streichhölzer liegen auf dem Boden des Rucksacks. Jonte baut einen kleinen Scheiterhaufen aus Reisig, trockenen Blättern und Ästen darüber, langsam und sehr ordentlich.

Und immer noch ohne ein einziges Wort.

Es ist stockdunkel im Zelt. Jonte hat sich ganz zusammengerollt auf seiner Seite der Isomatte, Juli liegt wach. Keine Sterne da draußen, die Nacht hängt wie tot in den Bäumen. Die Einsamkeit ist gekommen und hat sich auf dem Zeltdach niedergelassen wie ein riesiger Schatten.

Juli denkt fest an die Lichtblaue. Wie stark leuchtet wohl ihr Licht, wenn die Schatten erwachen?

Juli schließt die Augen, sie stellt es sich vor, ihr blaues warmes Licht, es kriecht in Julis Glieder, in ihr Herz und langsam wird ihr wärmer.

Jemand bewegt sich im Zelt.

Sehr langsam, sehr vorsichtig.

Juli liegt still. Jonte? Muss er pinkeln?

Jemand schlüpft in seine Schuhe. Jemand hält kurz inne und unterdrückt ein Niesen. Jemand zieht den Reißverschluss des Zeltes auf, Zentimeter um Zentimeter.

Warum tut er so geheim?

Die Nachtluft haucht ins Zeltinnere.

Jonte schlüpft vorsichtig aus der Öffnung. Er zieht den Reißverschluss nicht wieder zu.

Juli wartet.

Sie hört Schritte, zögernd. Jetzt holt Jonte etwas aus dem kleinen Vorzelt. Und plötzlich läuft eine glühende Welle durch Julis Körper und bis in ihre Haarwurzeln hinauf. Der Rucksack! Hebt Jonte sich etwa gerade seinen Rucksack auf den Rücken?

Zitternd richtet sie sich auf. Wo will er denn hin? Will er … fort?

Seine Flip-Flops stehen nicht mehr im Eingang. Blitzschnell

schlüpft Juli in ihre Chucks, blitzschnell windet sie sich aus der Zeltöffnung heraus.

Sie sieht seinen Rücken zwischen den Baumstämmen. Jonte tritt vorsichtig auf, er geht langsam, aber zielstrebig vom See weg, die kleine Anhöhe hinauf, die Kapuze seines hell schimmernden Sweatshirts ins Gesicht gezogen.

Wie ein Geist.

»Jonte!«

Er bleibt stehen, abrupt.

Er dreht sich um. »Was ist los?«

»Wo willst du hin?«

»Weiß nicht. Irgendwohin.«

»Was meinst du damit? Wohin denn?«

»Ich … ich geh jetzt.«

Sie kann seine Augen nicht sehen. Es ist so dunkel, nur auf dem See schwimmt ein geisterhaftes Licht.

»Ich hau ab.«

»Hast du sie noch alle?«, rutscht es Juli heraus.

Jonte sagt gar nichts, und eine kleine Sekunde lang hofft Juli, dass er nur wissen will, was sie jetzt macht.

Ob sie auch springt.

Mutprobe?

Ihre Hände werden nass.

Sie will nicht abhauen, irgendwohin, sie will ans Meer!

Hör auf mit dem Quatsch, Jonte!

Jonte?

Er steht still, noch. Wartet er auf etwas?

Juli atmet tief durch. »Okay, wenn du abhaust, komm ich mit!«

Jonte sieht sie an, jedenfalls vermutet Juli es, seine Augen liegen im Schatten der Kapuze. Aber sie sieht, wie er langsam den Kopf schüttelt.

Ihr wird so kalt. Das ist keine Mutprobe mehr. Das ist etwas anderes. Etwas Größeres.

Sie weiß, wer jetzt die Regie führt.

Wird es gut ausgehen?, denkt sie.

Aber niemand antwortet ihr, nicht die Lichtblaue.

Und nicht die Wirklichkeit.

Wo kommt sie nur plötzlich her: die Mauer aus Glas zwischen ihnen? Nichts dringt hindurch.

Juli versucht es trotzdem. »Was soll das denn? Warum willst du abhauen?«

Jonte zuckt nur die Schultern.

»Das ist voll unfair!«, schreit Juli.

Und mit einem Mal … fällt ihr etwas ein. Sie weiß nicht, warum es ihr einfällt, sie weiß nur, dass es die ganze Zeit dort in ihrem Unterbewusstsein gelauert hat.

Ob das Känguru jetzt wohl in seinem Rucksack steckt?

»Wo ist eigentlich Madita?«

Sie erschrickt, denn selbst von hier sieht sie, wie Jontes blasses Gesicht einfach kaputtgeht, es zerfällt in tausend Splitter.

»Was weißt du über Madita?«, fährt er sie an.

Juli starrt in die Dunkelheit.

Was meint er?

Sie hebt die Schultern. »Nichts. Bloß dass du sie echt gern haben musst, wenn …« Sie stockt.

Es dauert eine Weile, bis er etwas sagt, aber noch länger, bis Juli es begreift.

»Madita ist in der Klinik.«

Klinik? Was – zum Kuckuck – macht ein Plüschkänguru in einer Klinik? Oder ...

»Wer ... wer *ist* denn Madita?«, flüstert Juli.

Jonte runzelt die Stirn. Aber dann begreift auch er. »Meine ... große Schwester?«

»Aber, ich dachte ... das Känguru ...«, stammelt Juli.

»Das Känguru? Wieso? Ach, das ... das haben wir irgendwo verloren«, sagt Jonte.

»In was für einer Klinik ist ... Madita denn?«

»In ... puh, Mann ...« Jonte wischt sich mit den Handballen an den Augen herum.

»Ey, Jonte! Was ist denn mit ihr? Ist sie krank?«

Jontes Atem, nie hat Juli ihn so deutlich gehört.

»Nee, sie ist bloß verrückt.«

Jonte weint ... oder?

Er weint wie Per, nur leise. So schrecklich leise!

Alte Blätter rascheln um zwei Chucks, jetzt ist Juli bei ihm. Und sie legt ihm die Hand auf die Schulter, wie sie es gestern noch bei Per gemacht hat.

»Ist es schlimm?«, fragt sie.

Verrückt? Was meint er damit? So wie Oskar?

Es dauert wieder eine Weile, bis Jonte antworten kann. »Ja, schlimm, weil doch ...« Er wendet sich ab. »Weil ich doch schuld bin«, murmelt er in den Wald hinein.

»Hä? Wieso das denn? Was hast du denn gemacht?«

Er dreht sich wieder um, aber er sieht auf den Boden.

Juli hat Mühe, ihn zu verstehen, obwohl es so still um sie her ist.

»Madita hat uns Geschichten erzählt. Sie liebte doch Geschichten«, flüstert Jonte. »So ähnliche wie deine, die mit der Lichtblauen …«

Er bricht ab.

»Und dann?«, fragt Juli vorsichtig.

»Dann … dann sind die Geschichten … immer komischer geworden … echte Horrorstorys, alles Mögliche hat sie verfolgt«, sagt Jonte. »Sogar ihr Kuschelkänguru. Obwohl sie das seit ihrer Geburt hat. Und dann … Mattis und ich … wir haben irgendwie angefangen, sie zu ärgern. Mattis fand das total witzig.«

»Ist das dein Freund oder was?«

Jonte nickt. Er sieht immer noch auf seine Füße, eines der Plastikbänder an den Flip-Flops hat sich fast gelöst.

»Ich fand es eigentlich … nicht so witzig. Aber … ich habe trotzdem mitgemacht und …«

Jonte schluckt. Er atmet schnell. Und Juli fängt an, ihn zu streicheln, über die Schulter, ganz langsam, so wie Mama es bei ihr immer macht.

»Mattis hat ihr immer noch schrecklichere Horrorstorys erzählt«, flüstert Jonte. »Und ich wollte das eigentlich nicht, aber … Und dann …«

Juli streichelt vorsichtig seine Schulter, kleine Tiere rascheln irgendwo in der Nähe. Vielleicht Mäuse. Hinter einer alten Buche mit halb grünem Stamm schimmert es, und eine Sekunde lang stellt Juli sich vor, dass die Lichtblaue dort wartet und ihnen zuhört.

»Dann ist sie in die Klinik gekommen«, wispert Jonte schließlich. Er schiebt ihre Hand von seiner Schulter.

»Mama ... Mama weiß nichts davon. Dass Mattis und ich ...« Jonte senkt den Kopf.

Nun hört Juli nur noch den winzigen Wind zwischen den Zweigen. Sie weiß nicht, was sie sagen soll. Sie weiß nicht, ob sie überhaupt etwas sagen kann.

»Deshalb hattest du so eine Angst vor Oskar«, wispert sie, mehr zu sich selbst.

Jonte zuckt die Schultern, dreht sich weg. Vielleicht wird er jetzt gehen. Wenn Juli nicht irgendetwas findet, das ihn hält ...

»Aber ... kann es denn nicht sein, dass Madita einfach eine Krankheit hat?«

Jonte sieht sie nicht an, immerhin scheint er zuzuhören.

»Meine Mutter sagt immer: Es gibt viele Krankheiten ... und es gibt viele Gesundheiten. Manchmal weiß man gar nicht, in welcher man steckt.« Juli überlegt. »Pia zum Beispiel. Die wohnt in unserem Haus. Sie ist sechzehn oder so.«

»Und was hat die mit Madita zu tun?« Jontes Stimme klingt mürrisch.

»Pia hat irgendwann einfach aufgehört, zur Schule zu gehen. Manchmal ist sie gar nicht mehr aufgestanden. Oder hat einfach einen Tag lang nichts gegessen – das hat Pias Mutter meiner erzählt. Im Treppenhaus, ich habe es durch die offene Wohnungstür gehört.«

Auch wenn sie Jontes Gesicht nicht sieht, spürt Juli, dass er ihr zuhört, sein Atem geht ruhiger.

Irgendetwas raschelt im Gebüsch.

»Ich habe sie noch einmal gesehen, vor dem Haus. Sie hatte ihre Haare nicht gewaschen und eine uralte Jogginghose an.

Sie hat nicht gelächelt. Nicht *ein* Mal, nicht mal, als ich ihr erzählt habe, dass unsere blöde Direktorin voll auf einer Eispfütze ausgerutscht ist, weil sie nämlich einem aus der Unterstufe hinterhergerannt ist.«

»Und dann?«, fragt Jonte zögernd.

»Sie ist auch in eine Klinik gekommen. Sie war weg, lange. Als sie zurückkam, war es Frühling. Die Kastanien blühten schon. Sie trug ein echt cooles Minikleid und hatte sich die Haare kurz geschnitten. Sie muss Tabletten nehmen, hat sie mir erzählt. Und sie geht zu einer Therapeutin. Aber es geht ihr wieder gut. Sie hat wieder gelächelt, weißt du, ihr Gesicht war richtig ... aufgetaut. Sie sagt, sie hat es nicht geglaubt, aber es ist einfach eine Krankheit.«

Jonte schweigt.

»Ist doch egal, in welchem Krankenhaus du bist«, sagt Juli. »Wenn du richtig krank bist. Hauptsache, du wirst wieder gesund.«

»Du siehst das vielleicht so. Du und deine Mutter«, sagt Jonte und er klingt traurig. »Aber dann seid ihr ... besonders. Die anderen ... alle ... Meine Mutter denkt immer, dass irgendjemand an allem schuld ist, auch sonst immer, aber jetzt bei Madita ...« Er bricht ab. Er schüttelt den Kopf. »Ich bin trotzdem schuld«, sagt er fest.

»Aber wenn du das doch gar nicht bist!« Juli versucht, seinen Blick einzufangen. »Du hast doch gar nicht gewusst, was mit Madita los ist. Und du hast sogar versucht, Mattis ...«

Jonte dreht sich einfach um.

Nein! Er kann jetzt nicht gehen! Es ist falsch, versteht er das denn nicht?

»Verstehst du das denn nicht, Jonte?« Sie schreit beinahe.

Jetzt setzt er sich in Bewegung.

Schweigend.

Fort von ihr.

Über die Äste, die der Sturm heruntergerissen hat.

Tränen laufen Julis Wangen hinab.

»Aber Per!«, brüllt sie hinter ihm her. »Per wollte auch nicht, dass du weggehst, hast du das vergessen? Per wusste, dass du das wolltest. Deshalb hat er dir das Geld geklaut, Mann! Damit du nicht abhaust! Sag denen doch lieber, was Mattis gemacht hat! Und – na ja – und du. Vielleicht glaubst du ja einem anderen, dass du nicht schuld bist! Einem Arzt oder so.«

Der Junge im Sommernachtsdunkel hält inne. Er steht dort wie angenagelt. Nun dreht er sich um, langsam.

Er steht dort und weiß wohl nicht recht, was er tun soll.

»Mein Vater hat immer gesagt: Man muss reden! Also, reden macht auch nicht alles gut. Aber ohne reden bleibt alles, wie es ist«, sagt Juli. »Madita ist einfach krank! Du kannst doch nichts dafür, dass sie krank ist. Und du kannst das doch auch nicht besser machen!«

Immer noch steht Jonte in der Waldstille.

Wenn man so steif und kalt vor Angst um jemanden ist, merkt man gar nicht, wie man zu ihm hinrennt. Juli hat keine Ahnung, wie es kommt, dass ihre Finger sich plötzlich in Jontes Sweatshirtärmel krallen.

Ghost Busters.

Und vielleicht weiß Jonte auch nicht, warum er sich trotzdem losreißen muss. Er stolpert, als er rückwärts zurückweicht, über eine Wurzel oder über etwas anderes?

Er schreit auf, er sackt zusammen.

Wieder raschelt es in den alten Blättern. Juli sieht Jontes vor Schreck weit aufgerissenen Augen glänzen. Und ihr wird heiß, so heiß wie noch nie in ihrem Leben.

Einen Moment, einen ganz kurzen, sieht Juli es aufschimmern, dort hinter der Buche, blau und silbern. Dann ist sie verschwunden, die Silberne, Lichtblaue. Der Wald ist verlassen. Die Filme um Juli herum sind fort. Nur ein einsames Mädchen und ein sehr blasser Junge sind zurückgeblieben.

Und die Wirklichkeit.

Aber dieses Mal hält sie die Klappe.

Und noch jemand ist verschwunden. Jemand, der kaum dicker ist als ein Bleistift und kaum länger als Jontes halber Unterarm.

Jemand Junges, Unerfahrenes mit spitzen Zähnen, der in der Nachtkühle zwischen den alten Blättern ausruhte. Und dann grausam durch einen Menschenfuß gestört wurde.

»Scheiße! Das war eine Schlange! Au, Mist, tut das weh!«

»Mann ... Jonte, was machen wir denn jetzt?« Julis Stimme zittert.

Hör auf! Keine Zeit zu weinen! Denk nach, denk nach!

Jonte sieht sie an und seine Augen sind groß und leer. »Abbinden und Absaugen und so was kannst du vergessen«, flüstert er. »Haben die jedenfalls mal im Erste-Hilfe-Kurs in der Schule gesagt.«

»Wie schnell stirbt man denn an ... an so einem Schlangenbiss?«

Wie viel Zeit ... wie viel haben wir? Stunden oder bloß ... Minuten?

»Unterschiedlich, glaube ich«, stöhnt Jonte.

Wie kann man nur so viel Angst aushalten?

Juli sieht sich um, ihr Herz rast, ihre Hände sind nass. Weit und breit kein Hubschrauber zu sehen und leider fällt auch kein Handy vom Himmel. Aber etwas bemerkt sie doch.

»Dahinten ist ein Weg, glaube ich.«

Jonte kneift die Augen zusammen. »Könnte sein.«

Schon läuft Juli hinüber. Alte Eicheln knirschen, trockene Blätter vom letzten Herbst rascheln unter ihren Füßen, Julis Haare verfangen sich in einer Spinnwebe, aber sie hat keine Zeit, sich zu fürchten, sie abzustreifen. Sie läuft weiter mit einem Schleier im Haar und ...

Hurra! Da ist tatsächlich ein Weg! Und jeder Weg führt doch irgendwo hin, oder?

Sie kann Jonte nicht tragen, aber sie kann ihn stützen. Jonte hüpft auf einem Fuß. In der Dunkelheit wachen alle Gerüche auf und dieser Wald riecht nach Pilzen. Wie kann es nur sein, dass man so etwas bemerkt? Wenn man so viel Angst hat!

Jonte muss noch mehr Angst haben, Jonte muss ... Sie muss ihn ablenken, damit er nicht noch einen Schock kriegt oder so was.

»Welche Bücher magst du eigentlich?«

Jonte hüpft und stöhnt. »Astrid Lindgren finde ich doof.«

Okay. »Und was magst du für Musik?«

Jonte keucht. »Pff. Alles Mögliche. Auch ... Gorillaz.« Seine Stimme ist wieder leiser geworden.

»Was ist das denn?«, fragt Juli nach. Nicht, dass sie sooo viele Bands kennen würde, aber ...

»Das war die Lieblingsband von Madita«, sagt Jonte rau.

»Quatsch!«, faucht Juli. »Das *ist* die Lieblingsband von Madita! Du spielst mir die später vor, okay?«

»Jetzt tut es mir in der Kniekehle weh«, sagt Jonte.

Es ist bestimmt nicht gut, mit Schlangengift im Körper so lange durch den Wald zu hüpfen. Was soll sie nur machen?

Eine Futterstelle für Rehe. Juli lässt Jonte sich dort abstützen und beugt sich vor. Seitenstiche.

Der Schmerz kriecht Jonte in den Oberschenkel.

Der Weg wird breiter, er fühlt sich sandig an und ist voller Schlaglöcher. Juli hat nicht gewusst, wie viele Schlaglöcher sich in Waldwegen breitmachen. Und wie schwierig es ist, über sie hinüberzuhinken.

Jontes Fuß ist jetzt dick, der halbe Unterschenkel ist dick.

Juli hat Tränen in den Augen. »Komm, Jonte, komm!«, drängt sie.

Jonte hüpft.

Jonte humpelt.

Und Juli hält ihn und schnauft und spürt, wie ihre Armmuskeln gewachsen sind in diesen langen Sommertagen auf den wilden Seen.

»Es ist nicht mehr weit«, flüstert sie.

Aber es ist weit, und während ihr Herz hämmert, während ihr der Angstschweiß in die Augen läuft, sieht sie doch, wie langsam sie vorankommen.

Bis endlich etwas vor ihnen auftaucht, nach einer endlosen Zeit. Etwas, das Juli hier nie im Leben erwartet hätte.

»Mit Wundern muss man sparsam umgehen«, sagt die Wirklichkeit in ihrem Kopf.

Wie großzügig von ihr, dass sie hier doch noch so ein kleines Wunder hingepflanzt hat: ein altes grünes, wimmerndes Tor, das sie vor gar nicht sooo langer Zeit umrundet haben. Von dieser Seite haben sie sich dem Haus noch nicht genähert. Dass dieser Weg ausgerechnet hier vorbeiführen würde ... Und sie sind doch ein gutes Stück gepaddelt! Aber dann fällt Juli der große Knick ein, den der See gemacht hat, die Landzunge, die sie umfahren haben ...

Sie schleift Jonte beinahe durch den Wald. Nun sind es nur noch ein paar Meter bis zu Irmela und einem Telefon. Und Licht und Trost.

Nur noch ein paar Meter, bis Juli nicht mehr so erwachsen sein muss.

Auf dem grasüberwucherten Weg spürt sie schon die Einsamkeit. Das kleine Haus ist dunkel, die Tür und alle Läden fest verschlossen. Juli zieht an der Glockenstrippe, wieder und wieder. Sie rüttelt verzweifelt an den Läden. Aber niemand öffnet. Die Schmerzen sind in Jontes Leiste gewandert und Juli weint.

Sie rennt um das Haus, auch hinten sind die Läden geschlossen, und selbst vor der Tür, die in die Küche führt, versperren weiße neue Plastikläden Juli den Weg. Sie kommt nicht an das Telefon heran – es ist doch bloß ein paar Meter entfernt!

Im Baum krächzen die Elstern.

»Man ist immer mindestens zu dritt unterwegs«, hat Papa ihr und Mama einmal auf einer Wanderung erklärt. »Wenn jemand einen Unfall hat, bleibt einer dort und einer geht Hilfe holen.«

»Und was macht der Dritte?«, hat Juli gefragt. Sie war damals erst sieben.

Der Dritte ist Jonte, die Erste ist Juli. Der Zweite hat heute leider, unglücklicherweise frei … Pech.

Keine Zeit zu weinen.

»Jonte, ich laufe zum Ort, nach Mychen, ich hol irgendwie Hilfe, okay?!«

Jonte nickt mit stillen Augen. Er ist so verdammt blass …

»Versprich mir, dass du nicht stirbst!«, faucht Juli ihn an. »Das ist keine Mutprobe jetzt, klar?«

Ein Schatten von Grinsen auf Jontes Gesicht. Er sitzt an Irmelas Tür gelehnt und schließt die Augen.

Und dann rennt Juli.

AUSSEN. LEERE STRASSE - SPÄTER

DAS MÄDCHEN ganz NAH von vorne, wieder richtig schnell rennend. Aus dem Off.

MÄDCHEN

(verschwitzt, blass und mit einem total entschlossenen Gesicht)

Papa, erinnerst du dich noch an diesen einen Film? Es war der letzte Film, den wir zusammen gesehen haben. Erinnerst du dich noch?

Lola rennt, um das Leben ihres Freundes zu retten. Aber der Film kommt immer wieder zum Anfang zurück, als ob ihn jemand an ein Gummiband geknotet hätte. Immer wieder geht etwas schief. Und Lola muss wieder losrennen, so lang, bis es zum Schluss gut ausgeht.

Ich habe nur einen Versuch.

Einen einzigen.

Wünsch mir Glück, ja?

NEUNZEHN. Das Meer

Sie rennt.

Ihr Herz hämmert in ihren Ohren, der Wald rauscht vorbei, Tränen laufen aus ihren Augen.

Die Schlange. Sie hat die ganze Zeit gewartet. Sie hat auf der Lauer gelegen, irgendwo in einer Falte des Waldes. Oder in einer Falte dieser Geschichte.

Es bringt nichts, Angst zu haben, es bringt nie etwas, wenn alles nur noch schrecklich und man so allein ist und alles von einem abhängt. Dann muss man das tun, was man für richtig hält, denn das *ist* das einzig Richtige. Selbst wenn es das Falsche ist.

Sie rennt, sie verläuft sich, sie verläuft sich noch viel mehr, sie springt über Wurzeln, stolpert und schlägt sich die Knie auf, der Wald knackt, er wirft Äste ab. Sie irrt über Wege, die sie nicht kennt, und die meisten führen fort von Mychen. Sie keucht, sie trabt durchs Nirgendwo. Die Nachttiere kriechen aus ihren Bauten, Füchse, Wildschweine, die Dunkelheit ist voller Geräusche. Aber Juli hat zum ersten Mal keine Angst mehr vor ihnen, denn ihre eine, einzige Angst um Jonte ist so viel größer.

Sie läuft und läuft.

Komisch, denkt sie, komisch, dass alles immer ›wenn‹ ist.

Wenn Mama Juli nicht zu Marthe gebracht hätte.

Und *wenn* sie nicht an diesem Tag so früh an den See gegangen wäre …

Ob Jonte das auch denkt? *Wenn* er Juli nicht getroffen hätte?

Ob alles Zufall ist?

Oder ob alles, was passiert, schon irgendwo geschrieben steht? Zum Beispiel in einem gigantischen Drehbuch, in dem alle Geschichten aller Menschen stehen und Julis Geschichte auf den Seiten fünftausendsiebenhundertzweiundsechzig bis fünftausendsiebenhundertdreiundsechzig, ganz winzig. Und niemand weiß etwas davon, aber alle sind nur Schauspieler in ihrem eigenen Film?

Die Wirklichkeit muss viel Spaß gehabt haben dabei, diese Szene zu schreiben, vielen Dank! Juli streckt ihr die Zunge heraus. Wenn, ach *wenn* sie doch gewusst hätte, was mit Madita los ist! Aber die Wirklichkeit lässt ja keinen in ihr Drehbuch schauen, die blöde Kuh! Warum hat Jonte bloß nichts von Madita erzählt?

Dann … ja, Moment, was?

Auf jeden Fall hätte er nicht weglaufen müssen.

Und *wenn* Juli es nicht schafft, rechtzeitig Hilfe zu holen?

Eine Schranke.

Juli witscht um den rot-weißen Balken herum. Die Straße dahinter ist leer. Ein dämmriges Band unter dem schimmernden Himmel. Sie bleibt keuchend stehen und sieht sich um.

Stille.

Total fremde Straße, logisch, wenn man sich so gründlich verlaufen hat.

Kein Auto weit und breit.

Nun sind die Wunder sicherlich endgültig aufgebraucht. Niemand kann ja wohl erwarten, dass Urlauber mitten in der Nacht ihr Auto spazieren fahren. Obwohl die echten Abenteuer doch nachts passieren! Hat eigentlich keiner von diesen Campern Lust auf ein bisschen Abenteuer?

»Warmduscher!«, flüstert Juli wütend.

Nach links? Nach rechts? Völlig überflüssige Frage, da sie keinen blassen Schimmer hat, wo sie ist. Oder was links und was rechts ist. Oder ob diese Straße hier nach Mychen führt, an den Nordpol oder die nächsten hundertfünfzig Kilometer sorgfältig alle möglichen Dörfer vermeidet, um im absoluten Nichts zu enden.

Sie beißt sich in die Fingerknöchel, sie denkt nach. Sie schaut zum Himmel hinauf – auf der einen Seite ist er ein wenig oranger als auf der anderen. In diese Richtung wendet sie sich. Hoffentlich ist das Orangene das Licht irgendeines Ortes. Und hoffentlich erreicht sie ihn rechtzeitig, bevor ... bevor ...

Ob Jonte Angst hat? Oder ob er einfach schläft?

Er *kann* nicht tot sein! Das läuft einfach nicht! Von so einem blöden Schlangenbiss stirbt man nicht, so was passiert höchstens in Filmen. Oder vielleicht noch in Australien, aber bestimmt nicht hier an den Seen und in der Wirklichkeit.

Oder?

Juli wischt sich wütend ein paar Tränen von der Wange. Sie trottet die Straße entlang, ihr Herz trommelt hinter ihren Rippen, sie schmeckt Blut.

Trotzdem riecht sie den feuchten Asphalt.

Und wenn Jonte doch stirbt? Wie Papa? Wenn das Gift bis

zu seinem Herzen hinaufsteigt? Wie Papas Krankheit bis zu seinem Herzen hinaufgestiegen ist?

Sie kneift sich in den Arm, obwohl sie doch schon lange weiß, dass nichts gegen diese Gedanken hilft. Sachen passieren eben, Krankheiten, dagegen kann man nichts tun.

Nein!

Es *darf* nicht geschehen, es wäre einfach unfair. Sie *will* es nicht. Dass Jonte stirbt. Nicht Jonte. Sie will es so sehr nicht, dass ... Wenn es in ihrem Drehbuch steht, radiert sie es einfach aus.

Und wenn ...

Schluss jetzt! Sie will keine Wenn-Sätze mehr denken.

»Hätte, hätte, Fahrradkette«, flüstert Juli verbissen und setzt sich wieder in Trab.

Sie ist weithin sichtbar wie ein Raumschiff im leeren, dunklen All. Die Tankstelle. Das einzige Licht weit und breit.

Juli hetzt näher, Seitenstiche, ihre Luftröhre brennt. Bitte. Bittebittebitte, lass jemanden dort sitzen, jemand, der ihr helfen wird ... Denn sie kann einfach nicht mehr!

Sie erreicht die Tankstelle und ihre Beine brechen fast zusammen. Sie hinkt an den Zapfsäulen vorbei, drückt die Tür auf, die klemmt ein wenig und öffnet sich mit einem Knall.

Hinter dem Tresen mit den ganzen Süßigkeiten sitzt tatsächlich ein Mensch. Einer, der verwundert von einer Zeitschrift aufschaut, als Juli in seine Tanke gestürmt kommt.

Nein, man kann hier wohl nicht schon wieder von einem Wunder sprechen, dazu ist es zu winzig und zu beiläufig. Eines von dieser Sorte, die einfach so geschehen und schon vergangen sind, bevor irgendwer es begreift. Irgendein Funken von einem Zauberstab, der verloren gegangen ist, vielleicht von der Lichtblauen, wenn die einen Zauberstab hat.

Der Jemand hinter den Süßigkeiten ist groß. Er trägt ein rotes Basecap und ein kariertes Hemd und er hat einen langen schwarzen Bart. Er erkennt Juli nicht. Natürlich nicht.

Aber Juli erkennt ihn. Oder genauer: seine Stimme.

Und Andreas – denn niemand anders ist es als der Typ vom Campingplatzklo – hat ein Handy. Er hält sich nicht mit dummen Fragen auf. Er nennt Juli *nicht* Kleine.

Und er kennt Irmelas verstecktes Häuschen.

»Ja, Schlangenbiss«, sagt er jetzt in sein Handy. »Ja, bei dem Häuschen von Irmela Walther, der Künstlerin. Das Ding mitten im Wald.«

Er lauscht.

»Natürlich wird es nicht einfach, da liegen bestimmt ein paar Bäume im Weg. Ob es sicher ein Schlangenbiss war?« Andreas wirft Juli einen Blick zu.

Juli starrt ihn an.

»Jontes Fuß ist ganz dick«, flüstert sie.

»War es«, stellt Andreas fest. Er hört noch kurz zu, was der Mann auf der Leitstelle ihm zu erzählen hat, dann legt er auf.

»Komm.«

»Was machen wir denn jetzt?«

»Wir fahren hin. Weiß der Kuckuck, wie lang der Krankenwagen braucht.«

Sie rasen durch die Nacht. Der alte Lada quietscht, rumpelt, hustet und gibt noch eine Menge andere undefinierbare Geräusche von sich. Aber: Er fährt.

Juli reibt sich ihre nassen Hände an der Hose ab. Am Rückspiegel schaukelt ein kleines quietschrosa Einhorn mit megablauen Augen heftig hin und her. Und zwischendurch schaut es immer wieder Juli an.

Alles wird gut.

Sie brettern durch Mychen. Die Einzigen, die sich auf der Straße herumtreiben, sind die Laternen. Der Supermarkt huscht vorbei, Andreas macht *fast* eine Vollbremsung und Juli fliegt *fast* gegen die Windschutzscheibe.

»Hier entlang, oder?«

Juli ist schlecht, vor Aufregung und vor Auto. Sie nickt. Immerhin hat er nichts von rechts und links gesagt.

Und dann hält sie sich am Türgriff fest, denn jetzt fährt Andreas durch den Wald.

Der Wald, er ist Juli inzwischen so vertraut. Sie holpern über Äste, um einen schon von Waldarbeitern zerteilten, riesigen Baumstamm herum, sie brettern ein Stück direkt durch das Unterholz, weil eine Tanne quer über dem Weg liegt, und Julis Fingerknöchel werden vom Anklammern an die Autotür ganz weiß.

Bittebittebitte mach, dass Jonte nicht gestorben ist …!

Der letzte Baum, der quer liegt.

Dahinter das Tor.

Der Lada schaukelt noch einmal durch den Wald. Ein grasiger Weg, ein kleines Haus. Die Läden sind geschlossen. Julis Magen krampft sich zusammen. Gleich muss sie brechen.

»Da!«, krächzt sie.

Jonte sitzt noch auf der Schwelle. Er hat den Kopf an die Haustür gelehnt und die Augen geschlossen. Juli und Andreas springen gleichzeitig aus dem Auto. Jonte öffnet die Augen nicht, er muss sie doch gehört haben, er muss doch ...

Juli stolpert fast über Jontes Beine.

»Jonte!«, fleht sie.

Jonte öffnet die Augen.

Und Juli ... schafft es gerade noch an die Hausecke. Dann muss sie sich tatsächlich übergeben.

Jonte lebt.

Er ist zwar blass und er schwitzt und sagt, es tut weh und ihm ist schlecht. Aber er lebt noch.

Sie sitzen auf dem Rücksitz, Juli hat den Arm um ihn gelegt. Sie hält ihn fest. Und Jonte lehnt sich an sie, aber er redet natürlich nicht, wie immer. Als sie wieder auf der Straße gelandet sind, wird der Himmel schon lichter.

»Mann, wie lange die hier immer brauchen!«, schimpft Andreas.

Denn ein Krankenwagen ... der ist immer noch nirgendwo zu sehen. Und in Mychen gibt es kein Krankenhaus.

Zum Kuckuck, wie schnell Andreas fahren kann! Juli drückt atemlos ihre Daumen, dass sie beide ganz weiß werden. Sie merkt es nicht.

»Wie weit ist es noch?«, fragt sie ungefähr alle sechs Bäume, nachdem sie Mychen hinter sich gelassen haben und wieder auf einer dieser endlosen Landstraßen entlangrasen.

Andreas macht das Radio an. »Ah. Cool«, sagt er.

»Was ist?«, fragt Juli.

»Das ist *Clint Eastwood*«, sagt Andreas. »Von dieser Band mit den Comicfiguren ... Gorillaz.«

Wie merkwürdig das Leben manchmal ist.

Wie ein großes Puzzle.

Und auf Andreas' rechtem Unterarm ist ein Baum tätowiert. Ein Baum mit schwarzen, flatternden Vögeln, ganz ähnlich dem, an den Juli sich noch so gut erinnert.

»Bei den meisten Kreuzotterbissen ist gar kein Gegengift nötig«, sagt der Arzt gerade zu Andreas. »Die muss man nur beobachten.«

Es sei denn, die Schlange sei eine Aspisviper gewesen, meint er und sieht etwas sorgenvoll aus. Aber bei Jonte sei es auf jeden Fall gut, dass sie so schnell gekommen seien, er hätte doch recht heftig auf den Biss reagiert, wenn es noch etwas länger gedauert hätte ...

Julis Herz klopft schmerzhaft. Sie dreht sich um und hört nicht mehr zu.

Vorhin hat sie auf einem der orangenen, an den Sitzflächen angeknabberten Stühlen im Wartebereich gesessen und geweint. Sie hat einen halben See in das Wartezimmer geweint. Aus Erleichterung. Und Erschöpfung.

Vielleicht darf sie gleich noch einmal zu Jonte hinein, nachdem sie mit Andreas zum Boot gefahren ist, um ein paar Sachen für ihn zu holen. Viel ist es ja nicht.

Im Krankenhaus bei der Aufnahme haben sie nach seinen

Eltern gefragt oder anderen Verwandten. Juli musste alles sagen. Und jetzt werden sie gleich kommen, Jontes Ops und Marthe und vielleicht Irmela.

Gleich, gleich.

Jetzt ist es wirklich vorbei. Endgültig.

Sie lehnt ihren Kopf an die Wand hinter dem Stuhl und schließt die Augen. Sie sieht ein Feuer vor einem schwarzen See. Sie sieht die Funken in den Himmel sprühen, sie riecht angebrannte gebackene Bohnen. Sie spürt das nasse, nächtliche Gras unter ihren Füßen.

Sie tun so weh, ihre Füße.

Es wird nie wieder so werden. Nie wird sie wieder einen Sommer wie diesen hier erleben.

Schritte hallen über den Flur, Juli achtet nicht besonders darauf. Hier gibt es so viele Schritte, dieser Ort brütet Schritte sozusagen aus.

Sie hält die Augen geschlossen, sie ist so müde.

»Siehst du es jetzt?«, flüstert plötzlich jemand. Irgendwo. Möglicherweise in Julis Kopf.

Juli hält still.

»Siehst du, wer die besten Filme macht, Baby?«

»Klap-pe«, flüstert Juli.

Oder vielleicht denkt sie es auch nur und bewegt die Lippen im Takt dazu.

Sie spürt eine Hand auf ihrer Schulter und ist sogar zu müde, um zu erschrecken. Vorsichtig öffnet sie die Augen. Ein alter Mann steht vor ihr, mit so einer knubbeligen Nase, die aussieht, als habe jemand sie aufgeblasen, wie alte Männer sie häufig haben. Und mit sehr kleinen grauen Augen.

»Bist du Juli?«

Juli nickt.

»Ich bin Jontes und Pers Opa.«

Juli nickt wieder. Sie setzt sich auf, sie schaut den Gang lang, aber Marthe ist nicht gekommen. Noch nicht.

Der alte Mann setzt sich auf den Stuhl neben Juli. Er lässt seine Hände über die Knie hängen. Er räuspert sich. Es klingt, als gurgele er mit viel Spucke.

»Ein Schlangenbiss.« Er schüttelt den Kopf.

Juli hat wirklich genug genickt. Außerdem weiß er es ja schon.

»Jetzt hat der Junge mir aber etwas voraus. So etwas habe ich noch nicht erlebt«, sagt der Opa. Ihre Blicke kreuzen sich. »Die Ärzte haben gesagt, einen Tag beobachten. Vielleicht braucht er noch eine Spritze oder eine Infusion. Er darf laufen, soll den Fuß aber möglichst häufig hochlegen.«

Der Opa starrt vor sich hin. Er kratzt sich am Nacken. »Euer Abenteuer ist zu Ende, oder?«

Juli schaut ihn einfach an. Ganz ruhig, denn wenn sie sich jetzt bewegt, dann wird sie wieder weinen, das weiß sie.

»Wohin wolltet ihr eigentlich?«

Pff. »Ans Meer natürlich.«

Jontes Opa sieht sehr nachdenklich aus. Er sieht eine ganze Weile lang sehr nachdenklich aus. Schließlich sagt er: »Ans Meer also.«

Das ist ja wohl keine Frage. Also muss Juli auch nicht darauf antworten.

»Ich war oft auf dem Meer. Früher«, stellt der alte Mann jetzt fest. Die Hände auf seinem Schoß zittern etwas.

Juli wartet, irgendetwas Ungesagtes liegt in der Luft.

»Ich habe einen alten Freund am Meer.«

Juli wartet immer noch.

Jontes Ops seufzt. »Und wenn ihr nicht mit meinem Faltboot fahrt?«, fragt er. »Sondern mit dem Zug?«

Das Meer.

Der Sand.

Wind, der den Sand aufwirbelt. Wellen.

Ein Fluss mit Schiffen. Auf dem Weg zur See.

Ein Faltboot. Und keiner weiß, wo es liegt. Nur Juli.

Und Jonte.

Niemand passt auf die Tür auf. In einem anständigen Verbrecherfilm wäre das jetzt der Moment, in dem jemand in das Krankenhauszimmer schleichen würde und ... vielleicht dabei pfeifen würde und ... sich zum Beispiel auf den Stuhl neben Jontes Bett setzen würde. Der Stuhl hat eine andere Farbe als die im Wartezimmer. Er ist mehr so erbsensuppenpissegrün. Und jemand hat in seine Rücklehne ein A mit einem Kreis darum geritzt.

Jonte liegt dort im Bett wie Per, als er Kopfschmerzen hatte, neulich, vor hundert Jahren, vor dieser einen, einzigen Sommernacht, die alles verändert hat.

»Du wolltest von Anfang an abhauen, oder?«, flüstert Juli.

Jonte öffnet die Augen nicht. Draußen wird es Morgen.

Aber er nickt.

»Und warum ... hast du mich dann überhaupt mitgenommen?« Jetzt ist es raus. Juli knabbert an ihrem Daumennagel.

»Anfangs weil ... Ich hatte Angst. Vorm Abhauen«, sagt Jonte.

Juli kann ihn kaum verstehen. »Und dann?«

»Weil ich dich cool fand.«

Schweigen.

»Ich fand es auch cool. Total«, wispert sie.

Jonte nickt wieder. Ganz leicht.

»Und ... und dich finde ich auch cool. Übrigens.« Juli malt mit dem Fingernagel einen Stern auf das Laken.

Auf dem Parkplatz vor dem Krankenhaus startet ein Auto. Auf dem Gang draußen klappert etwas. Möglicherweise der Frühstückswagen.

Jonte tastet nach ihrer Hand.

Es fühlt sich gut an, warm, als wären sie eins und ihre Hände nur ein Gelenk zwischen ihnen.

»Bestimmt müsst ihr reden, bei dir zu Hause. Ganz viel. Wer redet, dem kann geholfen werden«, sagt Juli.

»Reden. Puuuuh«, flüstert Jonte.

Juli kichert in sich hinein.

Dann ist es wieder still. Vielleicht sollte sie jetzt gehen?

Ihre Hände liegen ganz ruhig auf der Bettdecke.

»Lieber abhauen«, sagt Jonte plötzlich, schlägt die Augen auf und schaut Juli an.

Sie grinst. »Chill mal. Du bist voller Schlangengift.«

Sie legt den Kopf schief und jetzt grinst Jonte zurück.

»Ans Meer?«, fragt Juli.

AUSSEN. TAG - DAS MEER

JUNGE

Juli?

MÄDCHEN

Ja?

JUNGE

Vor welchen Tieren hast du jetzt noch Angst?

MÄDCHEN

(überlegt)

Vor ... Ameisen. Und vor Schlangen. Und vor ... keine Ahnung. Und vor welchen Menschen hast du jetzt noch Angst?

JUNGE

(lächelt)

Keine Ahnung.

Er wirft sich eine Traube in den Mund. Scheitert. Hebt die Traube auf. Dabei kommt ein immer noch etwas dicker Fuß mit blauen Flecken ins Bild.

JUNGE

Ich weiß übrigens, worüber du deinen Film drehen kannst ...

MÄDCHEN

Echt?

JUNGE

Ja, über das … unseren Sommer hier … das Boot … die Schlange.

MÄDCHEN

Pff. Ja … warum nicht? Wenn die Schlange mitspielt?
Übrigens: Meinst du, man kann mit dem Faltboot auch über das Meer fahren?

JUNGE

Es heißt „Fluch der Karibik“, oder?

Mit allerallerherzlichstem

Danke …

… meiner Familie, Gesine, Telje, Frauke Reitze, Anja Koeseling, Rüdiger Bertram, Doro Knoche, Brusi, Fleygur, Nonni und Hvitur, dem hässlichsten Kater der Welt, einem gewissen uralten Faltboot und vielen anderen für ihre Hilfe, Geduld und ihre Existenz.

Just me

Lieblingsbücher für Mädchen

Nikola Huppertz
Mein Leben, mal eben
256 Seiten. Klappenbroschur
ISBN 978-3-649-66990-6
Auch als **ebook** erhältlich:
ISBN 978-3-649-62331-1

Anouk will ihr Leben ändern: Ab sofort wird sie NORMAL, hört Popmusik wie die andern und spielt Computerspiele. Doch ihr Steinzeit-Laptop lädt das blöde Game einfach nicht, und während sie wartet, hämmert Anouk ihre »Memoiren« in die Tastatur: Über MaMi und Matrix, ihre Mütter; über ihren Rocker-Vater; und über Lore, die neu in der Klasse ist. Außerdem soll Anouk einen Songtext für Moritz schreiben, der aber leider auch dieses Unnormal-Gen hat …